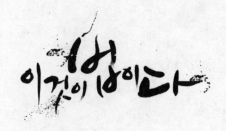

이것이 법이다

KB121236

이것이 법이다 176

2024년 1월 22일 초판 1쇄 인쇄
2024년 1월 25일 초판 1쇄 발행

지은이 자카예프
발행인 김관영

기획 이기헌 왕소현 임동관 박경무 강민구 조익현
책임편집 최전경
마케팅지원 이원선

발행처 (주)로크미디어
출판등록 2003년 3월 24일
주소 서울시 마포구 마포대로 45 일진빌딩 6층
Tel (02)3273-5135 **Fax** (02)3273-5134
홈페이지 rokmedia.com **E-mail** rokmedia@empas.com

값 9,000원

ISBN 979-11-408-2114-3 (176권)
ISBN 979-11-255-9575-5 04810 (세트)

이것이 법이다

176

자카예프 장편소설

로크미디어

CONTENTS

음주 운전의 끝

"아니, 조 PD. 이건 아니지."

─이번 개편으로 빠지게 된 거죠. 영원히 나올 줄 알았어요?

"그게 아니잖아. 지금 뭐 하자는 거야!"

권소인은 등골이 서늘했다.

조 PD가 개편을 통해 자신을 하차시키겠노라고 말했기 때문이다.

물론 개편은 늘 있는 일이고 개편을 통해 출연진이 바뀌는 것도 흔한 일이다.

하지만 자신이 누군가? 권소인이다.

그런데 자신을 뺀다고?

─그러니까 말했잖아요, 콘셉트를 바꾸시라고.

다들 노력하고 열심히 사는 모습을 보여 주는 판국에 자기 혼자 돈지랄하면서 사업가로서 플렉스 하는 모습을 보여 주면 사람들에게 좋게 보이지 않는다.

그랬기에 권소인의 이미지는 좋다고 볼 수 없었다.

"누가 노력 안 했어? 노력했다고!"

-그게 아니잖아요.

"뭐?"

-제가 원하는 노력이 그런 게 아니라는 걸 아실 텐데요?

조 PD가 원하는 노력은 간단하다.

두 발로 뛰고 주변 사람들과 함께 앞으로 나아가는 것.

그런데 권소인의 노력은 그게 아니었다.

회의한답시고 거들먹거리고, 아랫사람 부려 먹고, 마음에 들지 않으면 고래고래 소리를 지르고.

자기 딴에는 노력했을지 모르지만 사람들이 보기에는 그저 갑질일 뿐이다.

그런데도 권소인을 끝까지 출연시킨 건 투자한 돈 때문이었다.

하지만 이제 그 돈마저 날리게 생겼으니 조 PD에게 권소인의 미래 따위는 중요한 게 아니었다.

중요한 건 권소인을 쳐 내고 자기 자리를 지키는 것.

이미 5억이나 날렸는데 연봉 1억짜리 직장까지 날릴 수는 없으니까.

─하여간 그간 고생하셨어요. 다음 촬영부터 나오지 않으셔도 돼요.

"야! 조 PD! 야, 이 개 같은 년아!"

권소인이 소리를 질렀지만 전화는 이미 끊긴 후였다.

권소인은 전화를 내려놓으면서 눈을 찡그렸다.

"이게 아닌데?"

그는 투자로 막대한 수익을 내 왔다.

그 이미지를 유지하기 위해서는 방송이 필수다.

애초에 방송 출연료는 얼마 되지도 않는다.

그러나 방송을 통해 만든 이미지로 사람들이 그를 성공한 사업가로 믿고 투자하게끔 유도해 수익을 낼 수 있다.

그런데 그 모든 게 틀어졌다.

방금 전 조 PD를 마지막으로 모든 방송에서 하차, 아니 퇴출되었다.

"뭔가 잘못된 거야, 뭔가."

아직까지 노형진을 만나지 못한 권소인은 등골이 서늘했다.

누군가가 자신의 손과 발을 직접적으로 잘라 내고 있다.

그런데 그게 누군지 알 수가 없었다.

"미치겠네."

권소인은 이를 악물며 머리를 북북 긁었다.

"형님!"

"어, 그래. 뭐 좀 알아 왔어?"

그 순간 부하가 안으로 들어왔다. 그를 보자 권소인은 마음이 급해졌다.

일이 잘못되었다는 걸 알고는 어떻게든 정보를 얻기 위해 애들을 외부로 돌렸는데 다급하게 온 걸 보니 정보를 가져온 듯했기 때문이다.

"노형진이랍니다."

"노형진?"

"아는 사람이십니까?"

"이 새끼가! 너 병신이야? 너, 내가 뭐라고 그랬어?"

"그게……."

"아오, 빡대가리 새끼!"

"아, 맞다. 형님 스스로 어둠의 노형진이라고……."

"그런데? 아는 사람이냐는 말이 나와? 이 병신아!"

"아……."

그 말에 부하는 약간 당황했지만 이내 다시 말을 꺼냈다.

"노형진이라는 그 새끼가 이번 사건의 주범입니다."

"주범이라고?"

"언론사랑 방송국에 노형진이 싹 다 한번 돌고 갔답니다, 각서 받으러."

부하의 말에 권소인의 눈이 찢어질 듯이 커졌다.

"가, 각서?"

"네, 각서를 받아서 갔답니다."

"뭔 각서?"

"형남한테 채권이 없다는 확약서요."

"그걸 왜?"

"글쎄요."

권소인은 노형진이 그런 쓸데없는 각서를 왜 받았는지 이해가 가지 않았다.

애초에 제3자인 노형진이 받아 간 각서는 소송에 들어가도 아무런 효과도 없기 때문이다.

하지만 방송국이나 기자들 입장에서는, 각서를 쓰지 않으면 신황금파로 특정될 판국이니 선택지가 없었다.

"설마?"

그리고 그들이 각서를 쓴 후에 자신이 손절당했다.

곧 그 의미를 깨달은 권소인의 눈이 커졌다.

"이런 씨입!"

그 각서로 인해 방송국과 기자들에게 있어 자신의 가치가 사라진 것이다.

그런데도 방송국 주요 인사들이 지금까지처럼 자신을 보호하려고 할까?

아니다. 그럴 리가 없다.

스스로 어둠의 노형진이라고 주장하고 다닐 만큼 권소인은 머리가 좋은 편이다.

머리가 나쁘면 애초에 이런 짓을 하지도 못했을 테니까.

그랬기에 지금 상황을 바로 알아차렸다.

"그런……."

자신을 보호해야 하는 방송국이나 언론사 주요 임원들의 모가지가 날아갔다.

그렇다면 이제 누가 자신을 보호해 준단 말인가?

"이러면 우리 공돈 생긴 거 아닙니까?"

그런데 상황을 잘못 이해한 부하 녀석은 싱글벙글 웃었다.

"우리는 순식간에 수백억 번 겁니다."

"야, 이 병신 새끼야! 그게 중요해?"

돈이 중요한 게 아니다.

보호를 받지 못하면 대중과 경찰 그리고 검찰의 시선이 자신에게 쏠린다.

수백억? 그게 있으면 뭐 하나? 지금까지 저지른 죄면 무기징역이 나오고도 남을 거다.

"이런 씨팔, 당장 변호사를……. 이런 거 잘하는 게 태양이었지."

그는 다급하게 전화를 들어 태양에 의뢰하려고 했다.

그때 핸드폰에 속보 뉴스 알림이 떴다.

"이익……."

평소라면 귀찮아서 보지도 않았을 뉴스다.

하지만 헤드라인이 심상치 않았다.

연예인 권 모 씨.

여기서 연예인 권 모 씨라는 사람이 자신이라는 걸 알아채
는 건 어렵지 않았다.

이미 손절한 기자 새끼들이 자기 살겠다고 기사를 들고나
올 테니까.

아니나 다를까, 뉴스를 열자 세상이 무너지는 느낌이었다.

전직 아이돌 연예인 권 모 씨. 음주 운전으로 5명 사망. 사고 후
뺑소니

"내 이럴 줄 알았다."

기사를 보면서 노형진은 혀를 끌끌 찼다.

예상대로 언론도 권소인이 뭔 짓을 했는지 알고 있었다.
하지만 투자 때문에 쉬쉬하고 있었던 거다.

그런데 그게 다 날아갔으니 이제 와서 뉴스를 터트린 것이
었다.

권소인은 이제 보호할 가치가 없어졌을뿐더러 오히려 지
금은 본인들이 살기 위해 선을 그어야 하니까.

"역시 노 변호사님이라고 해야 하나요. 저희 쪽에서 별수
를 다 써도 안 되었는데 말이죠."

강원미는 혀를 내둘렀다.

권소인이 처벌받게 하기 위해 진짜 필사적으로 몸부림쳤다. 그러나 아무것도 진행된 게 없었다.

그런데 노형진은 단시간에 권소인의 손과 발을 잘라 냈고, 그 덕에 언론에서 대대적으로 교통사고에 대해 보도하고 있었다.

"그래도 아직 이야기가 끝난 건 아니죠."

"하긴, 그렇죠. 시간이 중요한데 그걸 경찰이 날렸으니까."

경찰이 권소인이 술을 마셨다는 걸 입증했다면 이런 문제도 없었을 것이다.

하지만 경찰은 영장을 받아야 한다는 황당한 핑계로 시간을 보냈고, 영장이 발부될 때쯤에는 권소인은 이미 술이 다 깬 후였다.

"이제 와서 수사한다고 해도 권소인이 제대로 처벌받지는 않을 겁니다."

교통사고 특례법상의 5년 금고 정도.

그러나 그간의 상황을 보면 3년도 나오지 않을 가능성이 크다.

아이를 잃은 부모들에게는 미치고 환장할 노릇이겠지만 현실이 그렇다.

그에 반해 음주 운전은 인정되면 무기징역까지도 가능하다.

"음주 운전을 증명하는 건 또 다른 문제죠."

"끄응, 그러면 어떻게 증명하죠? 그건 진짜 방법이 없는데."

"한강원 씨는 무리일까요?"

"무리죠."

분명 한강원은 같이 술을 마셨다.

하지만 그는 입을 열지 않을 거다.

매니저인 안임수와 그런 조건으로 정보를 제공했으니까.

"술집에서 정보를 제공할 리도 없고요."

"그렇지요."

노형진은 고개를 끄덕거렸다.

애초에 그 클럽의 주인이 권소인이다.

그러니 클럽에서는 당연히 그가 술을 마셨다고 증언해 주지 않을 거다.

"일단 다른 방법이 없는 건 아닙니다."

"다른 방법이 있다고요?"

"네. 이제 손발을 잘랐으니까요."

"……?"

"술값을 누가 냈을까요?"

"글쎄요."

"당연히 권소인입니다."

이그젝트에 도움을 청한 건 권소인이다.

그런 상황에서 이그젝트에 '술값은 너희가 내라.'라고 할 수는 없다.

더군다나 권소인은 거들먹거리며 돈 쓰는 걸 좋아하는 놈으로 정평이 났다.

"애초에 이그젝트와 권소인이 버는 돈은 차이가 엄청나거든요."

물론 이그젝트도 한때 잘나가던 그룹이었지만 이제는 개별 활동을 하고 있고, 과거처럼 많은 돈을 버는 것도 아니다.

그에 비해 권소인은 지금도 잘나가고 있고 불법적인 행동을 통해 막대한 돈을 번다.

"그러니 결제를 권소인이 했을 겁니다."

"아하!"

지금 권소인은 자기가 술을 마시지 않았다고 주장하고 있다. 심지어 그곳에 있지도 않았다고.

그러나 술집에서 자기가 술값을 계산한 것을 부정할 수는 없을 것이다.

"그 정도만으로도 충분한 정황증거죠."

"하지만 정황증거일 뿐이잖아요?"

친구가 와서 내 카드로 술값을 계산한 거다, 그렇게 주장하는 것도 불가능하진 않다.

실제로 그런 경우가 아예 없는 것도 아니니까.

'맘 같아서는 친구고 뭐고 아니라고 공개하고 싶지만.'

하지만 이그젝트뿐만 아니라 다른 걸 그룹의 미래까지 걸려 있기에 그럴 수는 없다.

"뭐, 일단 정황증거라 해도 경찰이 수사할 수밖에 없도록 하는 건 어렵지 않을 겁니다."

"그건 그렇죠."

경찰과 검찰은 그 신황금파에 자기네 사람이 들어 있을까 봐 전전긍긍하고 있다.

은행에 이어 방송국과 신문사에서까지 신황금파의 존재가 드러나고 있으니, 사람들은 조폭 잡아야 할 경찰과 검찰이 조폭을 만들어서 운영한다며 의심하는 눈초리를 보내고 있으니까.

"수사야 제대로 진행되겠지만 술을 마셨다는 걸 증명할 방법이 없단 말이죠."

"과연 그럴까요?"

노형진은 빙긋 웃었다.

"사람은 말입니다, 먹고사는 게 최고거든요, 후후후."

"네?"

"그건 클럽이라 해도 별반 다를 게 없죠."

노형진은 그렇게 말하면서 손가락을 흔들었다.

"누구나 마찬가지입니다. 배가 침몰하면 쥐 새끼는 튀어 나가려 하기 마련이죠. 하물며 선장이 미친놈이면 더더욱."

권소인 같은 인간 말종 아래에는 보통 제대로 일하고 그 보상을 받는 양심적인 사람들은 없다.

설사 목구멍이 포도청이라서 버틴다고 해도, 그런 사람들에게 충성심 같은 게 있을 리가 없다.

"자, 이제 마지막으로 증인을 만들어 봅시다, 후후후."

나이트클럽과 클럽은 분위기도, 수입원도 다르지만 기본적으로 비슷한 게 있다.

거기서 일하는 사람들은 월급을 받지 않는다는 거다.

이게 뭔 개소리인가 싶지만 또 틀린 표현은 아니다.

정확히 설명하자면, 나이트클럽과 클럽에는 각자의 지분을 확보한 중간 계층이 있다.

그들은 일정액의 보증금을 내고 그 지분을 받는다.

나이트클럽에서는 구좌라 표현하고 클럽에서는 MD라 표현하지만 기본적으로 방식은 똑같다.

예를 들어 일정액의 돈을 내고 지분을 10% 얻으면 수익의 10%는 그 사람이 가져가는 거다.

물론 그럴 돈이 없는 사람들이라면 나이트클럽의 경우 웨이터로 일할 수도 있지만, 클럽은 각자 알아서 노는 것이 기본이라 웨이터가 없다.

그러면 클럽이 망할 경우 그 MD는 어떻게 될까?

사실 뻔하다.

"이거 좆 된 것 같은데."

"아 씨, 미치겠네. 내가 여기에 들어오려고 넣은 돈이 얼만데."

"형님, 전 4억 넣었어요."

"4억? 난 5억이야, 이 새끼야."

권소인의 클럽에서 일하는 MD들은 미칠 것 같았다.

권소인 때문에 클럽이 망할 게 100% 확실시되고 있는 상황이다.

자리가 없어서 하루에 기본 500만 원은 깔아야 잡을 수 있었던 룸은 텅텅 비었고, 여자들은 기겁하면서 손절을 했다.

그럴 수밖에 없었다.

피해 여성 중에 연예인이 아닌 사람도 있었으니까.

클럽에서 마약에 중독되어서 질질 끌려다니다가 결국 룸살롱까지 떨어진 여자가 있었는데, 그녀의 증언은 권소인이 운영하던 클럽에 치명타였다.

그렇잖아도 코델09바이러스로 인해 다른 클럽에서도 곡소리가 나는 판국에 사건의 당사자인 권소인의 클럽은 답이 없는 수준이었다.

문제는, MD가 클럽에 주는 돈은 계약상 투자로 취급되기 때문에 돌려받을 방법이 없다는 거다.

말로야 투자가 아니라 보증금이라지만, 법원의 판례는 명백하게 투자로 본다. 왜냐하면 지분을 사는 행위니까.

"권소인 그 새끼는 뭐랍니까?"

"연락이나 되어야 말이지. 그 새끼 지금 잠수 탔어."

MD들은 모여서 대책을 세우려 했지만 대책이 나올 리가 없었다.

"흑흑흑."

"야, 이 새끼야. 그만 좀 짜."

"저 이거 진짜 인생 갈아 넣은 거란 말이에요!"

"씨팔, 누구는 아니냐!"

현실적으로 보면 MD들은 부자가 아니다.

그래서 대부분 대출을 최대로 당겨서 보증금을 지불한다.

방송국 출신들이나 엔터 쪽 인간들은 연봉이라도 세지, MD들은 그것도 아니다.

기회 하나 잡자고 자존심이고 뭐고 다 버리고 대출받아서 굽실거리면서 일한다. 그런데 그게 다 날아갔으니.

"씨팔…… 돌겠네."

MD의 가장 큰형인 상인모도 할 수 있는 건 오로지 담배를 피우는 것뿐이었다.

"일단은 압류라도 해야 하나."

"이미 은행에서 다 압류해 놨답니다."

은행 놈들은 바보가 아니니 누구보다 빠르게 이상 징후를 느끼고 바로 압류를 걸어 버린 상황.

"우리 지금 다 해서 피해 금액이 얼마야?"

"45억요."

"씨팔, 좆같네."

갑갑함을 덜어 내기 위해 쭈욱 빨아들이자 순식간에 타들어 가는 담배.

한숨과 함께 연기를 길게 뿜어낸 상인모가 다시 한번 담배를 피우려고 할 때였다. 입구에서 난리가 났다.

"이게 뭔 일이야?"

"으아……."

직원 중 몇몇이 다급하게 안으로 도망쳐 왔다.

"무슨 일이야?"

"조…… 조폭이!"

"조폭?"

그 말에 상인모는 숨이 콱 막혔다.

'권소인 이 새끼가 미쳤구나.'

확실히 그 새끼라면 조폭을 건드렸을 가능성도 크다.

애초에 그 신황금파라는 것 자체가 조폭인데 그들의 힘이 빠졌으니 다른 조폭이 끼어드는 건 어찌 보면 당연한 일이었다.

"회장님, 들어오십시오!"

가장 선두에 서서 살벌한 분위기로 직원들을 내몬 조폭으로 보이는 남자들이 두 줄로 서서 고개를 푹 숙이는 가운데, 카리스마가 흘러넘치는 한 남자가 들어왔다.

"누구야?"

"어허! 감히 한만우 회장님한테!"

그 말에 모두의 눈동자가 커졌다.

화류계에서 일하면서 조폭들, 그것도 전국구 조폭들의 계보를 모를 수는 없다.

전국구 조폭이자 양성화에 가장 성공한 게 바로 한만우다.

'미친 새끼. 건드릴 게 없어서.'

아무리 신황금파니 뭐니 해도 한만우는 건드리면 안 되는 거였다.

물론 신황금파 같은 건 없지만, MD들 모두 그게 존재한다고 믿고 있었다.

그렇지 않으면 이 모든 게 말이 안 되니까.

"앉지."

들어온 한만우는 마치 자기 술집인 것처럼 자리에 앉았다.

그러고는 느긋하게 말했다.

"누가 술 좀 가져와라. 이런 이야기는 술 마시면서 해야 하지 않겠냐."

"……."

하지만 상황을 이해하지 못한 MD들은 꼼짝도 못 했다.

사실 권소인뿐만 아니라 경찰과 검찰 그리고 방송까지 그들을 비호했기에, 조폭들에 대해 알기는 해도 만나 본 적은 없었기 때문이다.

"어허."

한만우는 좋게 좋게 가자는 듯 헛기침을 한번 했지만, 조폭들의 기세는 대번에 살벌해졌다.

"이 새끼들아! 있는 대로 가져와! 그러지 않으면 너희들 간을 안주로 씹어 버릴 거야!"

"히이익!"

그 말에 MD들은 다급하게 안주와 술을 가져왔다.

하지만 안주라고 해 봐야 마른안주뿐이었다.

개판이 나면서 과일 같은 게 들어오지 않았으니까.

"자 자, 마셔."

한만우는 자신의 앞에 앉은 MD들의 잔에 일일이 양주를 채워 줬다.

꼴꼴거리면서 술잔에 양주가 넘치도록 부어졌지만 누구도 그걸 마시지 못했다.

"마셔라."

결국 한만우의 뒤에 있는 조폭들이 위협하자 MD들은 어쩔 수 없이 양주를 마시고 콜록거렸다.

"그래, 다들 투자한 걸 날릴 판국이라면서?"

"……."

"구제해 주러 왔더니만 관심이 없나 보군."

"아, 아닙니다! 그…… 사실입니다."

구해 주러 왔다는 한만우의 말에, 상인모가 다급하게 입을 열었다.

"그렇단 말이지?"

"네."

"피해 금액은?"

"45억입니다."

"그러면 그걸 까고 인수하면 되겠군."

"그게 무슨 말씀이신지?"

"권소인 그 새끼한테서 여기를 인수하고 싶다 이거지. 자네들이 여기서 계속 일할 거라면 굳이 내가 권소인 그 새끼한테 자네들 투자금까지 줄 이유가 없지 않나?"

그 말에 모두의 눈에 희망의 빛이 떠올랐다.

누군가가 여기를 인수한다면 그들은 살 수 있다.

더군다나 지금 한만우는 '그걸 까고' 인수한다고 했다.

아무리 조폭이라지만 양성화까지 한 한만우이니 45억을 까기만 한다면 쫓아내지 않겠다는 소리다.

"저희를 받아 주신단 말입니까?"

"자네들은 잘못이 없지 않나?"

"그렇습니다."

분명 MD라는 직업이 사회적으로 인정받지 못하는 직업이라지만 그렇다고 해서 그들이 폭력 조직을 구성한 것도, 사람을 납치한 것도 아니다.

애초에 권소인은 MD들을 사람 취급도 안 했다.

"그러니 그걸 까고 인수해야지."

"하지만……."

문제는 이 클럽의 가격이다.

강남 한복판의 클럽은 고작 10억, 20억 하지 않는다.

당장 MD들의 45억이라는 돈이 들어가 있지만 그들이 확보한 건 그 안에서 영업할 권리지 운영할 권리가 아니다.

"그래서 말인데."

한만우는 양주병을 흔들었다.

그러자 새로운 양주병을 가져온 부하들이 MD들의 잔을 채워 줬다.

"내가 여기를 좀 싸게 사고 싶단 말이지."

"저희는 힘이 없습니다."

"만들어야지."

"만들다니요?"

"권소인을 담가야지."

그 말을 들은 모두의 눈에 공포가 서렸다.

담근다는 말은 죽인다는 말이다.

그들을 잠식한 공포를 느낀 걸까? 한만우가 미소를 지으며 말했다.

"아니, 죽이자는 게 아니야. 내가 조폭도 아니고, 그런 짓을 하겠나, 하하하."

물론 그 말에 웃는 건 한만우뿐이었다.

"그러시면……?"

"권소인이 그날 술 처마셨다면서?"

"그날?"

"뉴스도 안 보나? 사람을 죽인 그날 말이야."

"그게…….."

"이봐, 자네. 이름이 뭐라고 하나?"

대표로 말하는 상인모에게 한만우는 질문을 던졌다.

"상인모라고 합니다."

"그래, 상인모. 뭐라 불러야 할까?"

"그냥 인모라고 불러 주십시오."

"그래, 인모 군. 내가 클럽에 대해 모를 거라 생각하나?"

"네?"

"대표가 왔는데 네놈들이 콕 박혀서 내다보지도 않았을 리가 없잖나?"

그 말에 MD들은 움찔했다. 그 말이 사실이니까.

그날 그들은 줄 서서 권소인을 마중했고, 그가 갈 때도 줄서서 배웅했다.

노형진은 새로운 증인을 찾기를 원했으니 그날 하루 종일 있었던 MD들은 최고의 증인이라 할 수 있었다.

"그런데 모른다고 할 텐가?"

"…….."

"그런 놈들이라면 내가 데려갈 필요도 없지."

한만우는 양주잔을 들어서 술을 쭉 들이켰다.

"돈은 각자 알아서 권소인에게서 받아 내."

"회…… 회장님!"

"어따 대고 목소리를 높여, 이 개 같은 새끼야!"

자신도 모르게 목소리를 높였지만, 조폭들이 일갈하자 상인모는 순간 입을 합 다물었다.

그러나 한만우는 화를 내지 않았다.

"그래, 인모 군. 할 말이 있나?"

"그…… 저희는 권소인과 싸울 힘이 없습니다."

"누가 싸우라 그랬나? 증언만 하란 말이지."

"증언 말입니까?"

"그래. 내 변호사가 그러더군. 술 마시고 운전한 걸 증명할 수 있다면 무기징역까지 가능하다고."

음주 운전을 하다가 교통사고를 내서 다섯 명을 죽였다.

그리고 그대로 뺑소니까지 저질렀다.

권력자가 비호해 준다면 모를까, 현 상황에서는 무기징역을 피할 수 없다.

"권소인을 교도소로 보내기만 하면 되거든."

"하지만 권소인은 팔지 않을 겁니다."

그놈의 목숨 줄이 이거다.

그나마 돈이라도 쥐고 있어야 감옥에서 편하다는 걸 알 거다.

교도소라지만 돈만 있으면 뭐든 할 수 있다.

돈만 있다면 안락한 독방에서 하루 종일 굴러도 된다.

돈만 있다면 변호사가 와서 하루 종일 재롱도 떨어 준다.

돈만 있다면 변호사와 동석한다는 이유로 여자를 데려오

라고 해도, 교도소에서는 찍소리도 못 한다.

'돈만 있다면' 말이다.

"누가 그 새끼한테서 산다고 했나?"

느긋하게 의자에 기대는 한만우.

"이봐."

"네, 회장님."

"지금 피해자가 몇 명이라고 했지?"

"현재까지 밝혀진 바로는 이백 명 정도 된다고 합니다."

"이백 명이라……. 그러면 손해배상액은?"

"못해도 600억 이상 될 거라 생각합니다."

600억. 아마도 권소인이 가진 모든 자산을 합하면 그 정도 나올 거다.

"45억은 깎아도 그만, 안 깎아도 그만이지."

"허억!"

권소인은 현금이 없다.

결국 자산을 압류하는 건 노형진이 할 일이고, 피해자들은 권소인의 전 재산을 가져갈 거다.

그리고 그걸 판매할 대상을 결정하는 것도 결국은 노형진이다. 경매로 넘기는 것보다는 직접 판매하는 게 더 비싸게 팔 수 있으니까.

물론 그래 봤자 원가보다는 쌀 테지만.

"누군가는 여기서 일을 해야지."

그 후에 새로 사람을 뽑든가 아니면 이들이 일하든가, 그
건 이제 새로운 주인이 될 한만우의 선택이다.

"싫다면 강제할 생각은 없다네."

한만우는 직접 잔을 채우며 말했다.

"일하기 싫으면 이거 마시고 나가고, 일하고 싶다면 잔을
받으면 그만이지."

개털로 나갈 것이냐, 아니면 직장을 지킬 것이냐.

그 말에 상인모는 주저하지 않고 술잔을 입으로 가져갔다.

그러고는 한입에 털어 넣고 무릎을 꿇었다.

권소인에 대한 충성? 그딴 건 없었다.

원하는 건 오로지 단 하나, 생존뿐이었다.

"회장님, 충성을 바치겠습니다. 제발 받아 주십시오."

상인모가 그렇게 나서자 나머지 MD들도 너도나도 다급하
게 술을 마시고 무릎을 꿇었다.

"그래, 그렇단 말이지. 그러면."

한만우는 만족한 듯한 얼굴로 부하에게 손짓했다.

"기자를 좀 불러 주도록 하지. 짭새들은 영 믿을 수가 없
어서."

⚖

—권소인은 그날 만취해서 나갔습니다. 나갈 때 저희 MD들 전부

줄 서서 그를 배웅했습니다. 너무 취해서 휘청거릴 정도였습니다. 저희가 그날 권소인이 있던 룸에 양주만 네 병 이상 들여보냈습니다.

MD의 증언은 언론을 타고 빠르게 퍼졌다.

당연하게도 경찰, 아니 검찰에서는 주저하지 않고 권소인을 구속했다.

사실 그들도 구속까지 하고 싶지는 않았을 거다.

하지만 그다음에 터진 뉴스 때문에 어쩔 수가 없었다.

권소인 음주 운전 당일, 경찰이 사건 접수하고도 음주 측정 거부
신황금파, 경찰까지 장악. 신황금파의 파워는 어디까지인가
송정한 대통령, 조폭이 한국의 미래를 결정할 수 없다며 엄정 수
사 지시

가장 끗발 날릴 시기의 신임 대통령까지 이야기할 정도로 일은 커졌고, 그 때문에 권소인은 저항도 하지 못하고 끌려갔다.

"아니야! 난 억울해! 난 억울하다고! 으아아! 놔! 놓으라고! 내가 누군지 알아? 나 권소인이야! 권소인이라고!"

하지만 누구도 그에게 동정표를 던지지 않았다.

도리어 그의 죽음을 원할 뿐이었다.

"일단 배상금 문제는 노 변호사님 말대로 가능할 것 같아요."

강원미는 안도의 한숨을 내쉬었다.

"각서 때문에 투자한 놈들이 돈을 받아 가지 못했거든요."

그 덕분에 권소인의 재산은 그대로 남아 있었다.

그리고 그 정도 돈이면 권소인에게 이용당하고 술집으로 끌려간 피해자들뿐만 아니라 교통사고로 사망한 피해자들의 유가족들에게까지 어느 정도의 배상을 해 줄 수 있을 거다.

"투자자들은 거의 전 재산을 날린 셈이지만요."

"자업자득입니다."

애초에 권소인이 어떤 인간인지 알면서도 투자한 놈들이다.

감옥은 보내지 못한다고 해도, 최소한 배상금은 토해 내게 해야 하지 않겠는가?

"언제나 깔끔하게 끝내시네요."

"깔끔하게라……."

노형진은 머리를 긁적거렸다.

"마지막은 결코 깔끔하지 않은데요."

"네? 어떤 면에서요?"

"저는 대통령에게 엄정 수사를 부탁한 적이 없습니다."

"사건이 커서 그런 거 아닐까요?"

"송정한 대통령님이요? 그럴 리가요."

도리어 노형진이 관련된 사건이라 입을 다물었으면 다물었지 엄정 수사를 명령할 사람이 아니다.

"뭔가 시킬 게 있나 봅니다."

노형진은 왠지 떨떠름한 얼굴로 말했다.

잘못된 질문, 잘못된 답

대통령이 되면 수많은 보고를 받는다.

그중에는 외부에서 알 수 없는 은밀한 비밀도 있다.

창피해서 차마 말도 못 할 수준의 것이 포함된.

"알고 있었나?"

"어느 정도는요."

"아무리 그래도 그렇지, 대한민국 국방이 어쩌다……."

"애초에 대한민국 교리는 2차대전에서 한 발자국도 발전하지 못했습니다. 심지어 베트남전에서 피로 배운 교리도 다 까먹었는데 뭘 기대하신 겁니까?"

뭔가 큰일이라도 생긴 줄 알았더니만 노형진은 다 아는 걸 송정한은 이제야 알게 되어 큰 충격을 받은 듯했다.

"그래도 이건 너무한 거 아닌가?"

"당연한 거죠. 국방부가 뭐 멀쩡한 보고를 올리겠습니까?"

국방부의 보고서는, 대한민국은 군사력 세계 6위의 군사 강국 운운하는 국뽕으로 가득 차 있었다.

하지만 송정한이 바보도 아닌데 그걸 곧이곧대로 믿을 리가 없다.

군대에서 거짓말한다는 걸 모를 리가 없지 않은가?

당연히 해외에 있는 전문 군사 기업에 한국 국방력의 현실을 점검해 달라고 요청했는데, 그 결과는 비참함을 넘어서 창피한 수준이었다.

-장비로는 세계 6위급이라고 할 수 있으나 운영 병력은 전쟁 발발 시 6위급의 위력을 발휘할 수 없음.

가장 큰 문제는 보병 전력으로, 현재 대한민국 보병 전력의 현실적 상황은 아프리카 대형 군벌보다도 못한 수준.

기갑 및 주요 장비들은 전쟁 발발 시 사흘 안에 사라질 것으로 추정되며, 추가 보급까지 예상되는 시간은 대략 2주.

보병의 경우 단순 실전 경험이 없는 것이 아니라 아예 전략 전술의 개념 자체를 장교들이 가지고 있지 못함.

"허……."

장비야 6위급이라 봐줄 만하다지만 보병 전력은 아프리카 군벌만도 못하다는 소리에 송정한은 기가 막혔다.

"아니, 어쩌다?"

"당연한 거 아닙니까? 장비는 둘째 치고, 아프리카 군벌은 최소한 실전 경험은 있습니다. 그에 비해 한국은 실전 경험이 있습니까? 아니면 실전에 준하는 훈련이 있습니까?"

없다. 아예 현대전에 걸맞은 전투 훈련 자체가 없다.

"현대전은 시가전이죠. 심지어 아프리카의 군벌도 시가전은 합니다."

군벌끼리 얼마 안 되는 도시를 차지하기 위해 진짜로 목숨 걸고 싸운다.

"그런데 한국군은 어떻죠?"

시가전은커녕 개활지에서 싸우는 법도 모른다.

"유개호 만드는 법조차도 모르는 병사가 대부분입니다."

현대전에서 참호는 필수고 유개호, 즉 천장이 있는 참호는 상식이다.

그런데 한국군은 참호에 대한 교육을 전혀 하지 않는다.

그나마도 만드는 게 아니고 그냥 매년 참호 보수공사만 한다.

"물론 그게 나쁜 건 아니죠. 제대로 된 참호는 병사들의 목숨을 지켜 주는 거니까. 하지만 군대가 거기에만 있는 게 아니잖습니까? 솔직히 북한이든 중국이든 우리와 전쟁이 나면 그 자리를 지키는 부대가 많겠습니까, 아니면 자리 옮기는 부대가 많겠습니까? 그런데 유개호를 만들 줄도 모른다는 건 진짜 심각한 겁니다."

유개호는커녕 제대로 된 참호도 만들 줄 모르는 게 대한민국 군대의 현실이다.

참호를 만들 때에는 대충 땅만 파는 게 아니다.

앉을 수 있거나 설 수 있는 공간도 만들어야 하고, 수류탄이 떨어지면 그걸 처리할 수류탄 처리 구멍도 만들어야 하고, 1차대전처럼 물이 가득한 참호에서 발이 산 채로 썩어가는 걸 막으려면 제대로 된 배수 처리도 해야 한다.

하지만 대한민국의 군대는 그냥 땅만 파서 대충 몸만 가리면 된다는 수준에서 그친다.

그건 제대로 된 참호라고 볼 수 없고 전쟁에서는 더더욱 쓸 수 없다.

"거기다 대전차미사일은 1개 중대당 한 개나 됩니까? 애초에 그걸 쓸 줄이나 압니까? 우크라이나는 1개 분대당 대전차미사일 한 개는 들고 다닙니다. 이번에 전투 교리를 보니까 한 대의 탱크를 잡기 위해서 대전차미사일 3개를 할당하더군요. 방어 시스템을 뚫기 위해서 말입니다. 뒤처진 건 교리만이 아닙니다. 당장 전투식량만 봐도 문제투성이입니다."

한국의 전투식량을 보면 뭐 발열식이라고 기술의 발전 어쩌고저쩌고하지만 애초에 전 세계에서 발열식은 상식이다.

그런데 한국군은?

말로는 발열식이 나왔다고 떠들지만 절대다수가 그냥 물

부어서 불려 먹는 속칭 냉동 건조식 전투식량이고, 발열식은 뭔가 보여 주기 행사를 할 때만 조금씩 제공한다.

"심지어 한국군의 전투식량에는 그 흔한 액세서리도 안 들어갑니다."

액세서리란 전투식량에 포함되는 여러 가지 물품이다.

예를 들어 먹는 게 있으면 나오는 것도 있으니 화장지가 있어야 한다.

그리고 전투 중에 각성을 유지해야 하니까 당연히 고카페인 커피도 있어야 한다.

긴급 시 밥 먹을 시간 없으니 사탕 같은 고열량 식품도 필요하다.

"가난한 나라에서도 그런 걸 넣는 건 상식입니다."

하지만 한국군은 그딴 거 없다. 오로지 밥과 반찬뿐.

"막말로 전쟁이 터지면 화장지부터 보급해야 할 겁니다. 그걸 떠나서 병사들 군용품에 분명히 반합이 있는데, 반합으로 밥해 먹을 줄 아는 병사가 있기는 합니까?"

병사마다 짐이 잔뜩인데 두루마리 화장지를 들고 다니기가 쉽겠는가? 비만 오면 못 쓰게 될 게 뻔한데?

한국군의 현실이 그렇다.

다른 군대는 카페인의 힘으로 밤을 새울 때 한국군은 허벅지 꼬집으면서 버텨야 하고, 다른 군대가 교전 중에 고칼로리라도 보급할 때 한국군은 교전이 끝날 때까지 쫄쫄 굶어야 한다.

　전투라는 행위 자체가 소비하는 칼로리를 생각하면 후반부에 가면 그냥 저항도 못 해 보고 비실거리다 다 맞아 죽을 판국이다.

　"대한민국 보병이 아프리카 군벌보다 못하다, 제가 보기에는 참 후한 평가입니다."

　"그래도 방어전은 잘한다고 하던데. 장군들의 말로는 방어전과 공격전은 다르다고 하더군."

　그 말에 노형진은 코웃음을 쳤다.

　"그것도 거짓말입니다."

　"거짓말이라고?"

　"네. 간단하죠. 북한이나 중국이 북에서부터 밀고 오면 시가전이 벌어질 겁니다."

　"그러겠지."

　한국에 아파트 신도시가 많은 이유는 단순히 살 집을 만들기 위한 것도 있지만 방어를 위한 것도 있다.

　당장 일산이나 분당 같은 경우는 아예 대대적 시가전을 상정하고 도심을 설계한, 거대한 시가전의 지옥이다.

　적 보병이 도시에 들어오는 순간 그들은 피로 갈려 나갈 거다.

　"방어를 제대로 한다면 그렇죠."

　"방어를 제대로 한다면?"

"아파트에서 방어전 하는 방법, 들어 보셨습니까? 그걸 보고하는 장군이 한 명이라도 있었나요?"

그 말에 송정한은 긴 한숨을 내쉬었다.

그런 보고는 누구도 하지 않았으니까.

"네, 도심에서 방어전을 할 수야 있죠. 공격하는 입장에서 도심지는 악몽이니까요. 당장 러시아-우크라이나 전쟁만 봐도요."

당장 러시아도 병사들이 피로 전진하고 있으니까.

노형진이 개발한 원격 시가전 장비 때문에 회귀 전보다 훨씬 더 많은 사망자가 발생해 벌써 전멸한 부대가 한둘이 아니었다.

"그런데 그걸 할 줄 아는 병사가 있습니까?"

적이 우회할 때 어떻게 막을지, 적이 포격으로 아파트를 공격할 때 어떻게 철수할지, 아파트에 고립되었을 때 어떻게 탈출할지.

"없군."

"네, 빛 좋은 개살구입니다."

천혜의 요새가 있으면 뭐 하나, 그걸 쓸 줄 모르는데.

병사들이 생각하는 시가전은 그냥 창문에 총구를 내놓고 빵야 빵야 쏘는 것뿐이다.

물론 모든 전쟁이 그렇게 호락호락하지는 않다.

당장 그런 짓을 하면 포격으로 그 건물을 날리면 그만이다.

"아파트 내부 부비 트랩 설치법도 모르는데 무슨 시가전입니까?"

"끄응."

"그리고 제가 군수 쪽은 전에 말씀드렸잖습니까?"

"그렇지."

한국은 군수에 대해 박하다.

박한 정도가 아니라, 그냥 무능한 놈들을 군수로 내모는 수준이다.

실제로 장군의 대부분은 군수가 아니라 보병 쪽 라인에서 튀어나온다.

"현대전의 화력은 포병과 기갑에서 나옵니다. 그런데 지금 기갑이나 포병 쪽 장군의 숫자가 얼마나 됩니까?"

"없지."

"군수 쪽은요?"

"한 명이던가?"

"그런데 군수 쪽이 제대로 굴러가겠습니까?"

군수 쪽 보급은 복잡한 문제다.

그게 원활하지 않으면 전쟁이 개판이 된다.

예를 들어 똑같이 전쟁터에서 포탄이 천 발 필요하다고 치자.

군수 시스템이 멀쩡하면 적기에 필요한 만큼 포탄을 요청해서 받아 쓸 수 있다.

그러나 멀쩡하지 않으면, 장교들은 안전을 위해 추가 물량을 미리 받아 두려고 한다.

그래서 주문할 때 한꺼번에 몇 배를 주문한다.

당연히 생산량이 그걸 따라가질 못하니 어느 한쪽은 포탄을 못 받을 수밖에 없다.

한쪽은 포탄이 5천 발이 쌓여서 넘쳐 나는데, 다른 한쪽에서는 포병이 최후의 착검 돌격을 준비하게 되는 거다.

"그리고 우크라이나 전쟁에서 보셔서 알겠지만 거기서 소비되는 포탄이 수십만 발입니다."

군수고 훈련이고 전쟁 교리고 아무것도 없다.

최신 장비? 물론 최신 장비가 있으면 승리하기는 쉽다.

하지만 러시아가 군사 장비가 없어서 우크라이나에 처발리나? 우크라이나가 러시아보다 군사력이 백 배쯤 뛰어나나?

우크라이나는 어찌 되었건 전 세계 빈국 순위에서 뒤에서 세는 게 빠를 정도로 약해 빠진 나라였고 러시아는 군사 대국 2위의 강대국이었다.

있는 걸 제대로 못 써먹는 장교들과 병사들 때문에 결국 그들은 지옥으로 기어들어 간 셈이다.

"한국이라고 별반 다를 것 같습니까? 그리고 전쟁 나면 방어만 하나요?"

북한에 처맞고 격퇴하는 걸로 끝이 아니다.

진짜로 전쟁이 발발하면 한국은 북한으로 진격할 거다.

"시가전과 숨어 있는 북한군 전차들 그리고 수백 미터의 참호와 철조망이 앞을 막을 겁니다."

하지만 대전차무기를 쓸 줄도 모르고 참호를 뚫는 법도 모르고 철조망을 뚫고 들어갈 방법도 모른다.

미군처럼 대전차무기로 벙커나 기관총좌를 부숴라?

대전차미사일을 쓸 줄 아는 사람이 한 명도 없는 한국군에서 그게 가능할 리가 없다.

"도리어 대전차미사일을 그딴 데에 썼다고 군사재판에나 안 세우면 다행일 겁니다."

"끄응."

"심지어 북한 새끼들도 철조망을 만나면 한 명이 몸으로 틀어막으라고 교육합니다."

물론 그 병사는 죽을 거다.

하지만 인명을 경시한다는 평가를 받을지라도, 최소한 철조망에 대한 대응법은 교육한다.

"그리고 북한에도 대전차미사일은 있습니다."

심지어 북한의 대전차미사일인 불새 미사일은 편제상 분대당 한 발이다.

진짜 그만큼이 있는지, 그리고 불새 대전차미사일의 효과가 얼마나 되는지는 알 수 없지만 어찌 되었건 '대전차미사일'이다.

"그런데 방어 훈련, 제대로 안 하죠?"

"안 하지……."

전차로 사격 훈련도 하고 기동훈련도 하지만 방어 훈련만은 거의 하지 않는다.

"하지만 전차는 능동 방어 시스템으로 방어하지 않나? 한국도 능동 방어 시스템 개발에 성공했다던데?"

송정한의 말에 노형진은 긴 한숨을 내쉬었다.

꼴을 알 만했으니까.

"장군이랑 국방부에서 또 기만질을 했군요."

"기만질이라니?"

"한국도 분명 능동 방어 시스템 개발에는 성공했습니다. 그런데 안 달았어요."

"안 달았다고?"

"네."

전 세계에서는 전차의 방어를 위해 자동 방어 시스템을 개발한다.

한국도 당연히 개발했다, 그것도 무려 2011년에.

"하지만 그걸 설치한 전차는 한국 전차의 10%도 안 됩니다. 아니, 1%는 되려나요?"

심지어 설치된 극소수의 전차마저도 날아오는 대전차미사일을 직접 공격하는 방식이 아니다. 일종의 연막탄 등을 통해 빗나가게 하는 방식이다.

"물론 2011년에 개발한 제품이 완벽한 제품은 아닌 건 맞죠. 하지만 말입니다, 무려 10년 전입니다. 업그레이드한다는 소리를 10년째 하고 있죠."

그사이에 완성된 걸 개량도, 도입도 할 생각이 없다면 왜 개발을 한단 말인가?

"우크라이나의 러시아 전차도 마찬가지고요."

러시아도 능동 방어 시스템을 자체 개발하여 가지고 있다. 그런데 비싸다는 이유로 그걸 설치하지 않았다.

"능동 방어 시스템은 단순히 방어가 목적이 아닙니다."

살아남는다는 것. 그건 전투력의 유지다.

전차가 살아남으면 그걸 다음에 쓸 수 있다.

설사 전차가 피격되어도, 전차병이 살아남으면 새로운 전차를 받아서 싸울 수 있다.

"전형적인 국뽕의 방법이죠."

장비는 만들었는데 장착도 안 하고서는 언론에 대고 이래서 우리나라는 세계 제일, 이라고 홍보한다.

"그런데 또 웃긴 게, 장군들은 북한하고 싸우면 진다고 매일 호들갑 떤다는 거죠."

북한은 한국보다 전차나 방사포 등 포가 많아, 싸울 경우 한국이 진다고 주장하는 사람들도 있다.

"솔직히 말해서 한국의 군대는 비효율의 극치입니다."

전쟁을 위한 군대가 아니라 장군님들을 위한 군대 그리고 쇼를 위한 군대가 되어 버린 지 오래다.

"똥군기만 군기라고 생각해 제대로 된 전투 훈련도 하지 않죠."

군대에서 삽질을 하지 않을 수는 없다.

천하의 미군도 작업에 치를 떠는 게 현실이니까.

그래도 그 삽질이라는 게 미래를 위한 거라면 이해라도 한다.

예를 들어 시가전 대비 전투 훈련장을 만들어서 추후 훈련에 쓴다거나, 유개호같이 전투에 필요한 영역을 위해 훈련하는 거라면 나쁜 건 아니다.

"하지만 제 경험상 군대에서의 삽질은 단 두 가지의 목적만 있더군요."

첫 번째, 외부에 잘 보여야 한다.

두 번째, 관리하기가 편하도록 병사들 기운을 빼 놓는다.

"솔직히 온갖 쓸데없는 행정 서류가 넘쳐 나는 것도 있고요."

"그거야 그렇지. 그렇잖아도 대통령이 되기 전에 그 꼴을 봤으니까."

전투 병력을 훈련시켜야 하는 장교에게 온갖 쓸데없는 짓을 시킨다.

사단장배 합창 대회니 안전 운전 캠페인이니 하면서 말이다.

그걸 시키고, 했다는 걸 증명할 서류를 가져오라고 한다.

만일 전투 훈련을 하느라 사단장배 합창 대회 준비를 소홀하게 했다?

그날로 중대장은 대대장에게 끌려가서 개같이 처맞으면서 소새끼 개새끼 소리를 듣는다.

전투 훈련이 중요한 게 아니라 상을 받아서 자기가 승진하는 게 더 중요하니까.

"알고서 대통령 되신 거 아닙니까?"

"알지. 아는데, 현실을 똑바로 보고 나니까 답이 없어서 그러네. 오죽하면 내가 자네를 불렀겠는가?"

국방부에서 작성한 보고서가 전쟁하면 중국이라도 꺾을 수 있을 것처럼 자신감으로 가득 차 있는 것과 달리 외부 전문 컨설턴트 기업의 보고서는 보병전으로 한정하면 한마디로 '답이 없다.'라는 것이, 송정한은 신경 쓰여 견딜 수 없었다.

"워낙 화력 차이가 심하니까 북한에 지지는 않을 겁니다."

솔직히 보병전 하기도 전에 한국의 압도적 화력에 북한군은 쓸려 나갈 거다.

그래서 보병을 무시하는 것도 있다.

"하지만 전쟁 발발 시 이북 지역까지 수복할 계획이라면…… 솔직히 말씀드리면, 예비군까지 동원해서 수백만이 죽어 나가야 할 겁니다."

"수백만이라……."

"전쟁이 터졌는데 방어만 하다가 포기할 수는 없을 테니까요."

기왕 터진 전쟁, 결국 북한을 수복해야 하는데, 제대로 된 훈련조차 안 되어 있으니까.

"이래서 미국에서 나한테 아레스를 적극적으로 이용하라고 한 거군."

아레스 밀리터리 그룹. 마이스터 산하의 군사 기업.

미국은 노형진에게 답 없는 한국군을 개혁하기를 부탁하며 그 방법으로 미국처럼 전문 군사 기업을 키우기를 원했다.

"문제는 장군들을 어떻게 꺾을지인데……."

"그게 문제이긴 하죠."

이런 문제를 과연 처음 지적당했을까?

과연 미군이 이런 문제를 한국 정부에 이번에 처음으로 말했을까?

아니다. 벌써 수십 년간 말했고, 수십 년째 고쳐지지 못했다.

오죽하면 송정한이 머리를 부여잡다가 방법이 없어서 노형진을 불렀겠는가?

노형진은 그 말에 이해가 간다는 듯 고개를 끄덕거렸다.

사실 이 건은 박기훈 대통령 정권에서도 문제가 되었다.

다만 박기훈은 여러 가지 이유로 타협한 것뿐이다.

"하지만 지금은 타협할 시기가 아니야."

"그렇죠."

러시아-우크라이나 전쟁은 말이 두 국가의 전쟁이지, 사실상 나토와 러시아의 대리전이라고 봐야 한다.

심지어 중국이 러시아의 침공을 기점으로 대만을 침공하려 했다는 증거도 나왔다.

다만 러시아의 졸전 그리고 러시아 계열 무기들의 뻥스펙에 잠깐 움찔한 것뿐이다.

중국의 무기들은 러시아제 무기들의 하위 스펙이 많으니까.

"하지만 미국에서 그러더군, 중국이 2027년에는 대만을 침공할 거라고."

"그럴 가능성이 아주 높습니다."

왜 2027년일까? 샹량펑이 3차 집권을 넘어서 종신 집권해 사실상 황제가 되기 위해서는 그에 맞는 실적을 보여야 하기 때문이다.

중국의 주석은 5년 임기제다.

즉, 2028년에 다시 한번 선거가 있는데, 사실상 샹량펑이 그때 4차 임기를 시작하면 황제로서 등극하는 것도 불가능한 건 아니다.

"그런데 미국의 말로는, 그렇게 되면 북한을 자극해서 한국을 공격할 거라 하더군."

"당연한 거 아닙니까? 그건 전략이고 뭐고 필요 없는 상식 수준입니다."

그래야 한국군이 대만전에서 빠질 테니까.

한국에서 전쟁이 나야 한국에 있는 주한 미군도 오지 못하게 막을 수 있다.

중국은 미군이 오기 전에 대만을 점령하길 원하는데, 주한 미군이나 주일 미군이 오면 활용할 수 있는 시간이 대폭 줄어든다.

그 상황을 막기 위해서라도 중국은 북한을 자극해서 한국과 일본에 공격할 수밖에 없다.

"그래, 그래서 나한테 그러더군. 더 이상 한국군의 무능을 방치해서는 안 된다, 실전적인 군대로 체질을 바꿔야 한다."

그 말에 노형진은 고개를 끄덕거렸다.

CIA에서 아레스 밀리터리 그룹을 만드는 걸 도와주며 그걸로 한국 시스템에 영향을 주라고 한 이유가 그거니까.

이제 더 이상 '한국이 북한보다 세다.' 혹은 '한국이 북한 정도는 이길 수 있다.'라는 국뽕에 머물러서는 안 된다.

한국과 북한은 2027년을 기점으로 충돌할 수밖에 없는 수준이다.

"그리고 중국 놈들이 바보도 아니고."

아마도 지금 상황에서 북한이 한국을 공격하면 남하는커녕 제대로 저항도 못 하고 밀려 올라가서 순식간에 통일이 이루어질 거다.

당연히 중국에서는 북한이 남한을 먹었으면 먹었지 그걸 두고 볼 수는 없으니 어떻게든 그렇게 되는 걸 막으려고 할 거다.

그렇다면 방법은 하나뿐이다.

"전쟁이 가까워지면 무시무시한 양의 군수품을 공급할 거라는 거군."

"그럴 겁니다."

북한도 바보가 아니니 그 정도 무기 지원을 요구하는 건 당연한 일.

즉, 러시아와 우크라이나의 전쟁이 러시아와 나토의 대리전이라면 북한과 한국의 전쟁은 중국과 나토의 대리전이 될 수밖에 없다.

그리고 우크라이나에서 벌어지는 황당한 사태에, 미국은 한국의 전투력을 심각하게 생각할 수밖에 없다.

러시아도 그 정도로 개판인데 한국은 러시아보다 더하면 더했지 결코 덜하지는 않을 거라는 연구 결과가 사방에서 나오고 있으니까.

그렇다 보니 그간은 경고만 하던 미국이 송정한에게 국방 개혁을 강하게 요구하기 시작한 것이다.

문제는, 미국은 어찌 되었건 타국이라는 것.

물론 국방 개혁은 해야 한다.

하지만 가장 큰 문제가 바로 군대 그 자체였다.

개혁 대상이 순순히 개혁당하고 싶겠는가?

그간 누리던 온갖 이권과 돈이 싹 다 날아가게 생겼는데?

전쟁 중인 우크라이나에서도 부패 사범이 발생하고, 우크라이나의 대통령인 카진스키는 러시아와 싸우면서 동시에 자국 내 부패 세력과 전쟁 중이기도 했다.

나라가 망하느냐 마느냐의 상황에서도 부패한 놈들이 넘쳐 나는 게 현실인데 한국이라고 뭐가 다르겠는가?

"장군들의 반발이 심한가 보군요."

"장난 아니야. 개혁을 할라치면 쿠데타라도 일으킬 판국이야."

"쿠데타요?"

"물론 진짜로 그런 짓을 하지는 않겠지. 하지만 그만큼 반발이 심하다는 거지."

"하긴, 국방부는 말로만 충성을 외치지 대통령 알기를 개똥으로 알죠."

어느 정도냐면, 회귀 전 대통령이 바뀌었을 때 사드라는 고고도 미사일 방어 시스템에 대한 보고서를 고의로 누락할 정도였다.

애초에 그 문제로 중국과의 관계가 단교 수준으로 살벌해지고 중국에서 한한령이 내려져 막대한 피해가 발생해 감추려야 감출 수 없는 일이 되었는데도, 국방부는 대통령에게 고의적으로 사드와 관련된 모든 정보를 감춰 버렸다.

대통령이 한국의 군 통수권자라는 걸 알면서도 말이다.

아무리 대통령이 마음에 들지 않아도 군은 문민 통제가 기본이니 사드같이 예민한 문제를 보고하지 않았다는 것은 결과적으로 문민 통제를 뒤집겠다는 의미다.

통수권자가 된 대통령에게는 싫든 좋든 군 지휘와 관련된 모든 정보를 공개해야 한다.

그건 소속이나 정치 성향과 상관없이 군이 당연히 해야 하는 일이다.

"그런데 지금 상황을 보면 그런 것 같지도 않은 모양이군요."

국방부의 보고서와 외부 감사기관이 작성한 보고서의 갭은 하늘과 땅 차이다.

그 말은, 자기에게 불리한 정보는 철저하게 감추고 있다는 거다. 당장 전차에 능동 방어 시스템이 없다는 것도 보고하지 않는 판국이니.

"물론 미 정부 말대로 아레스 밀리터리 그룹에 개혁을 맡길 수도 있겠지. 하지만 장군들의 반발이 심할 거야."

자기 자리가 날아갈까 봐. 어떻게든 돈을 빼돌려야 하는데 그게 안 되면 손해가 엄청나니까.

"그러니까 객관적인 테스트를 하면 됩니다."

"테스트?"

"네."

"무슨 테스트?"

"승진 대상끼리 싸움을 붙이는 거죠."

"뭐?"

그 말에 송정한의 눈이 커졌다.

"그게 무슨 말인가?"

"현재 장군이나 장교 승진 시스템은 어떻습니까?"

"심사관을 보내고 내부 검토를 해서 승진시키지 않나?"

"그렇지요. 그런데 말입니다, 여기서 가장 중요한 요소인 전투력 측정이 개판이죠."

"개관?"

"보통 전투력을 측정할 때는 측정을 맡을 심사관이 가죠. 그렇지 않습니까?"

"그렇지."

"그 사람이 제대로 된 검증 능력을 갖췄을 거라고 생각하십니까? 결국 똑같은 장교인데."

"아……."

그제야 송정한은 노형진이 뭘 말하는지 알아차렸다.

대한민국의 전투 교리는 베트남전쟁 이후로 전혀 발전되지 않았으니 심사관은 당연히 그 교리를 기준으로 심사한다.

심사 기준 자체가 병신이니 당연히 제대로 된 심사가 이루어질 리가 없다.

"저도 군대에서 그 상황 부여 같은 거 겪어 봤습니다만, 그게 무척이나 웃깁니다."

좀 곤란한 게 밥차 폭파 같은 거다. 아니면 소대장 사망 같은 거.

시가전에서 어떤 일이 벌어지는지 그리고 실전에서 무슨 일이 벌어지는지, 참호전에서 어떤 식으로 방어해야 하는지는 전혀 모른다.

그렇다 보니 대응은 대부분 비슷하다.

"그럴 때 결과는 사실 실력보다는 뻔한 데서 바뀌죠."

누가 나랑 더 친한가. 누가 나한테 뇌물을 더 잘 주는가.

"갑자기 몽땅 바꾸기는 힘들 겁니다. 하지만 심사 위원을 바꾸는 건 어렵지 않죠."

군 내부의 지휘권을 바꾸는 것도, 그렇다고 월권을 하는 것도 아니다.

"실전과 같은 상황을 만들라 이건가?"

"맞습니다."

실전과 같은 상황. 그 상황이 되면 과연 어떻게 할 것인가.

"질문이 달라지면 답도 달라지기 마련이지요, 후후후."

"그렇잖아도 다음 장군들을 뽑아야 하는데 마침 잘되었군."

"네, 그리고 적당한 돈만 주면 훈련장이야 얼마든지 구할 수 있죠."

노형진은 자신 있게 말했다.

⚖️

이번 승진 시험의 대상인 박남원은 노형진의 안내를 받고 당혹감을 감출 수가 없었다.

"아니, 여기서…… 테스트를 한단 말입니까?"

"그렇습니다."

노형진은 고개를 끄덕거렸다.

박남원이 확인하듯 다시 물었다.

"그러니까 여기란 말이죠?"

"네."

"여기는 도심 한복판인데요?"

"정확하게는 재건축 예정지고, 모든 건물이 비었죠."

"네…… 그, 그렇죠."

재건축지는 전국에 넘쳐 난다.

재건축 조합에 적당한 돈만 주면 빌리는 건 일도 아니다.

물론 장기적으로 보면 시가전을 위한 도심 시설을 만들어
야겠지만, 단기적으로는 나쁘지 않다.

"이런 곳은 위험합니다."

사람들이 다 빠져나가 문이 부서지고 창문이 깨진 곳도 많
고 쓰레기도 많다.

"병사들이 다칠 수도 있습니다."

"전쟁터는 안 그렇습니까?"

"네?"

"전쟁터에서는 그런 것들에 더해 총알도 날아다니겠지요.
그런데 그때에도 다칠까 봐 병력 투입을 안 하실 겁니까?"

"그거야……."

당연히 그럴 수는 없다. 결국은 해야 한다.

"그런데 왜 변호사님이 심사관을……."

"오늘은 변호사가 아니라 아레스 밀리터리 그룹 소속으로
온 겁니다."

노형진은 개혁의 한 방식으로 심사 위원을 신중히 양성했

다. 그리고 그중에는 그 자신도 포함되어 있었다.

"훈련 기간은 총 6일입니다. 3일간은 공격을, 3일간은 도심 방어를 하시게 될 겁니다."

"음......"

"그리고 저희는 해외에서의 교전 기록을 바탕으로 실전 테스트를 할 겁니다."

"해외 교전 기록이라 하시면?"

"우크라이나."

그 말에 박남원은 할 말이 없었다.

당장 실전 전쟁터 기록을 기준으로 테스트를 한다는데 뭐라고 하겠는가?

그걸 틀렸다고 하는 것도 웃긴 일이다.

그가 아는 건 이론이지만 우크라이나는 실제 전쟁터니까.

"아, 그리고 기밀로 하고 있던 부분을 알려 드리죠."

"뭔데요?"

"대항군은 이성완 대령입니다."

그 말에 박남원의 눈이 커졌다.

"네? 하지만 그 사람은......"

"네, 맞습니다. 승진 대상자죠."

박남원은 순간 어이가 없는 얼굴이 될 수밖에 없었다.

자신과 마찬가지로 이성완도 이번 승진 대상자다.

심지어 그는 자신과 다르게 3차다.

즉, 이번에 떨어지면 '너 나가.'라는 소리를 들을 사람이다.

"아니, 그건 너무 잔인한 거 아닙니까?"

"왜요?"

"아니, 같은 동료끼리⋯⋯."

"동료라니요? 적대군입니다만? 둘 중 하나는 죽어야 합니다. 전쟁터에서 적과 친하게 지내실 겁니까?"

"⋯⋯."

물론 노형진이 바보도 아니고, 여기서 지는 사람은 탈락이라는 황당한 조건은 달지 않았다.

왜냐하면 이런 시가전은 필연적으로 공격자가 질 수밖에 없는 구조니까.

그것도 동일한 병력으로 싸워야 한다면 더더욱 그렇다.

과거에 성벽을 함락시키기 위해 세 배의 병력이 필요했다면, 도심을 무너트리기 위해서는 열 배 이상, 아니 스무 배 이상의 인원이 필요하다.

당장 러시아가 피로써 그걸 증명하고 있다.

그렇기에 전략과 전술을 어떻게 쓸 것인가와 어떻게 대응을 할 것인가, 즉 얼마나 실전 감각이 있느냐만 볼 것이다.

물론 당사자인 두 사람은 지면 탈락이라고 착각할 테지만.

"아, 그리고 첨언하자면, 방어하는 쪽에는 무선 소총형 터릿스무 개 그리고 무선 대전차미사일 열 개를 지급할 겁니다."

"뭐라고요!"

"실탄은 아니니 걱정 마시고요."

"그걸 어떻게 뚫으라고요!"

"잘하셔야지요? 설마 돌격 명령이 떨어졌는데 무선 터릿이 무섭다고 징징거리면서 버티실 건 아니죠?"

"……."

박남원은 입을 쩍 벌렸다.

"그리고 이성완 대령은 이미 자리를 잡고 있습니다."

"그건 규칙 위반 아닙니까!"

"무슨 온라인 게임 경쟁전 돌립니까? 저쪽은 방어하는 겁니다. 방어가 뭔지 모르시지는 않을 텐데요?"

당연히 방어하는 쪽은 무조건 자리를 잡고 있을 수밖에 없다.

"설마 주둔지에서 '준비 땅!' 하고 땅따먹기 할 생각이셨습니까? 갤럭시 크래프트를 너무 오래 하셨나 보네요."

그 말에 박남원은 이를 박박 갈았다.

"이익……."

하지만 방법이 없었다. 실전 기록을 들이미는데 어쩔 건가?

"현 시간부로 교전 시작입니다."

그 말에 박남원은 부하를 몽땅 불러 모았다.

그리고 참담함을 감출 수가 없었다.

"시가전 대책이나 정보에 대해 아는 거 있어?"

"시가전의 기본은 방방마다 수색하면서 전진하는 겁니다."

"그러니까 누가 그걸 모르냐? 그런데 어디 처박혀 있는지 어떻게 알아?"

"그게……."

"현실적으로 방법은 그것뿐입니다. 저기 30미터 지점에 있는 높은 건물을 점령하면 주변을 정찰할 수 있으니 일단 그곳을 점령하시죠."

재건축할 동네이다 보니 장갑차가 골목으로 들어갈 수는 없다. 그러니 결국 보병전이다.

"하아~."

그 말에 박남원은 한숨만 나왔다.

"어쩔 수 없지. 보병 병력 전진시켜. 1대대가 선두에 서고."

"충성!"

"저희 1대대가 최선을 다해서 길을 개척하겠습니다."

1대대장 소장문은 경례하면서 목소리를 높였다.

'뚫으면 그만이다. 그러면 이기는 거야!'

그러면 박남원이 자신을 밀어줄 테고, 그렇게 줄만 잘 잡으면 자신도 장군 자리를 노려 볼 수 있을지도 모른다.

하지만 그런 소장문의 꿈은 실전을 겪으면서 완전히 박살나고 말았다.

"돌격!"

"네?"

"돌격하라고, 이 새끼들아!"

"하지만 시가전인데 그래도 됩니까?"

"병신들아, 이쪽도 건물에 들어가서 자리 잡고 싸우면 지들이 어쩔 건데?"

"아!"

즉, 똑같이 시가전으로 버텨 보겠다는 거였다.

물론 그렇게 버티면 불리한 건 자신들이지만, 돌입에 성공했다는 것만으로도 충분히 도움이 될 거라 생각했기에 소장 문은 휘하 부대를 그대로 돌격시켰다.

아니나 다를까, 그들이 들어가기 시작하자 사방에서 총소리가 들려왔다.

탕탕!

물론 공포탄일 뿐이고 실제로 죽는 건 아니다.

하지만 마일즈 장비 때문에 바로바로 사망자 판정이 나고 있었다.

"거기 쓰러지세요."

"누가 반격하래요! 당신 사망자야!"

감독관들은 가차 없었다.

마일즈 장비로 사망이나 부상 판정이 뜨면 가차 없이 자빠트렸다.

그리고 그 손실비는 소장문의 상상을 초월했다.

"으억!"

"야, 이 씹. 3중대장, 뭐 하는 거야!"

"3중대장 전사했습니다."

"어어어?"

"다음 지휘 누구야!"

"충성! 대위 이성찬."

그 순간 관등 성명을 대면서 손을 들던 이성찬 대위의 옷에서 불이 번뜩거리더니 사망 판정이 떴다.

"네, 이성찬 대위님 사망하셨습니다."

"아, 이 미친 새끼들아!"

돌입을 시작한 지 20분.

전진한 거리는 고작 20미터도 안 되는데 중대장은 전멸, 소위는 80% 사망 판정.

말 그대로 개판이었다.

"뛰라고, 이 새끼들아!"

고래고래 소리를 지르면서 병사들을 재촉하는 소장문.

그 말에 병사들은 방어고 뭐고 그냥 포기하고 예정된 건물로 죽어라 뛰었다.

20미터를 왔으니 10미터만 더 가면 된다. 그렇게 생각했으니까.

"제압해!"

당연히 소장문도 죽어라 뛰어서 그곳에 도착했다.

그런데 병사들이 앞에서 꿈지럭거릴 뿐 들어갈 생각을 안 했다.

"뭐 하는 거야! 이 새끼들아!"

고작 30미터를 왔다.

그런데 대대 인원의 절반 이상이 사망 판정에. 제압은 안 하고 뭉그적거리다니.

"대대장님."

"왜 안 들어가!"

"그게…… 잠겼습니다."

"뭐?"

그 순간 등 뒤에서 노형진이 나타났다.

"설마 방어 쪽에서 문도 안 잠그고 다닐 거라 생각하셨습니까?"

"이건 반칙이지!"

"반칙이 아니죠. 우리는 이걸 실전이라고 부릅니다."

그 순간 갑자기 주변에서 불이 번쩍거리기 시작했다.

"어, 뭐야?"

갑작스러운 상황에 어리둥절한 얼굴이 되는 소장문.

노형진은 신호를 확인하고는 피식 웃었다.

"클레이모어 구역에 걸리셨습니다."

"크…… 클레이모어!"

당연히 그들도 그걸 지급받았고 쓸 줄도 안다. 하지만 하필 여기서 걸리다니.

그리고 노형진의 입에서 사형선고가 떨어졌다.

"대대장님, 전사하셨습니다. 방금 대대 인원의 3분의 2가 전사했고 장교 전부 사망하셨습니다. 1대대 전멸 판정입니다."

그 말에 소장문은 입을 쩍 벌렸다.

⚖️

박남원은 할 말을 잃어버렸다.

1대대 전멸까지 걸린 시간, 45분.

2대대 전멸까지 걸린 시간, 45분.

3대대 전멸까지 걸린 시간, 55분.

1대대 진격 거리, 30미터.

2대대 진격 거리, 35미터.

그리고 3대대 진격 거리, 50미터.

악에 받친 박남원이 본부 대대까지 밀어 넣어 봤지만 애초에 본부 대대는 전투병과보다는 지원병과들이다.

20미터도 가지 못해서 전멸 판정.

"우리…… 연대가 고작 이따위라고?"

"저희 잘못이 아닙니다."

"진짜로 저희 잘못이 아닙니다. 저들이 치사하게……."

노형진은 그 말에 비웃음을 날렸다.

"전쟁터에 치사한 게 어디 있습니까? 총 맞으면 죽는 겁니다."

"……."

밥차가 박살 나는 것 정도는 예상했다.

심사관이 가장 흔하게 상황 부여하는 게 밥차 폭파니까.

그리고 장교 몇몇이 갑자기 죽었다고 상황 부여하는 것도 감안했다.

그래도 다른 장교가 그 자리를 커버하는 건 가능하기에 그 정도도 문제가 없었다.

그런데 개전한 지 한 시간도 안 되어서 3개 대대가 전멸해 버렸다.

"아니, 그래도 이건 너무한 거 아닙니까? 집요하게 장교만 사망 판정을 내리다니."

노형진에게 따지는 소장문.

그런 그에게 노형진이 당연하다는 듯 말했다.

"베트남전에서 말입니다, 신병이 장교에게 경례하면 개처 맞았습니다. 왜 그랬을 것 같습니까?"

"지금 베트남전 이야기가 왜 나와요?"

"그럼 그 이전 전쟁 이야기를 해 보죠. 2차대전, 아니 1차 대전 때, 장교 사망률이 얼마나 됐는지 아십니까?"

그 말에 대답을 못 하고 눈만 데굴데굴 굴리는 대대장들.

그걸 보면서 노형진은 속으로 한숨이 나왔다.

'교리는 아예 머릿속에서 삭제했네.'

물론 교리를 배우지 않은 건 아닐 거다.

하지만 전투 훈련보다는 작업과 서류 작업만 하다 보니 다 까먹은 거다.

"전쟁터에서 제1 타깃은 장교와 통신병입니다. 설마 그것도 모르면서 전쟁에 대비하십니까? 베트남전 당시 전투 개시 이후 소위의 평균 생존 시간이 얼마나 되는 줄 아십니까? 2분 30초입니다, 2분 30초."

전투가 시작되면 저격수가 장교와 통신병 대가리부터 날리는 게 국룰이었다.

왜 신병이 장교에게 인사하면 두들겨 팼느냐? 저격수에게 대놓고 '이놈이 장교입니다.'라고 알리는 꼴이기 때문이다.

"이건 훈련 상황인데……."

"실전과 같은 훈련이죠, 말뿐인 쇼가 아니라."

시가전에서 폼 잡는다고 대로 한복판에서 돌격을 외치는 장교의 모가지를 안 따면 도리어 방어군이 무능한 거다.

'안 봐도 뻔하지.'

진짜 전쟁이 아니니까.

어차피 싸워도 진짜로 죽지는 않는 데다, 솔선수범하는 장교를 싫어하는 병사는 없으니 솔선수범하는 걸 보여 주고 싶었을 거다.

하지만 진짜 전쟁터에서 하는 솔선수범과 훈련 중에 쇼하기 위한 솔선수범을 병사들이 구분 못 할 리 없다.

장교들이 병사들을 가장 가까이에서 보듯이, 병사들 역시 가장 가까이에서 장교들을 보니까.

"끄응, 한 번만 더 해 보면 안 됩니까?"

"규정대로입니다. 하루 한 번. 전멸하거나 방어에 실패하면 그걸로 끝입니다."

그 말에 박남원은 고개를 들 수가 없었다.

⚖

다음 날, 다시 모든 병사들이 도열했다.

"장교들이랑 통신병은 뒤로 빼. 어제처럼 통신병이 다 뒈져서 제대로 연계도 못 하게 하지 말고."

"네, 연대장님."

"그리고 오늘 준비는 확실하게 했지?"

"그렇습니다."

박남원은 계획을 바꿨다.

이대로 그냥 들어가면 전멸을 면치 못한다는 걸 이제야 안 것이다.

5층에서 문을 잠그고 1개 분대만 저항해도 병사들은 줄줄이 사망 판정이다.

어제도 어떻게 1개 분대가 간신히 접근하는 데 성공했지만 올라가기도 전에 부비 트랩에 걸려서 전원 전사 판정을 받고 말았다.

"러시아군이 쓰는 방법을 우리도 쓰면 되는 거지요, 후후후."

"그렇지. 원거리에서 쏜다는데 뭐 어쩔 거야?"

그래서 나온 방법이 바로 장거리 포격.

실제로 전쟁터에서는 포격 지원이 기본이다.

기존의 테스트는 그런 지원 시스템은 전혀 고려하지 않고 측정하기도 했고, 설사 적용하더라도 그 포격으로 적을 제압했다고 판단해 왔다.

그러니 포격으로 마치 러시아군처럼 건물을 하나하나 까뭉개고 가면 되는 것이다.

물론 진짜 포를 쏘는 건 아니다.

하지만 좌표에 맞춰서 발사했다고 하면 그 좌표의 건물은 소실 처리하는 게 규칙이다.

"포병대에 연락해, 발사라고."

"네, 알겠습니다."

"이번에는 깡그리 날려 주마."

똥 씹은 표정이 될 이성완을 생각하면서 흡족한 미소를 짓는 박남원.

진짜 포를 쏘는 것은 아니지만 그래도 귓가로 믿음직한 포성이 울리는 듯했다.

그렇게 사격이 시작되자 심사관들은 무전으로 접수된 건물을 무력화 처리하고 해당 건물의 병사들을 사망 처리하느라 바쁘게 움직였다.

그런데 5분이 지났을 때, 갑자기 그 모든 행동이 멈췄다.

"뭐야?"

박남원은 갑자기 집계를 멈추고 돌아오는 노형진을 비롯한 심사관들을 보며 눈을 찡그렸다.

"지금 뭐 하자는 거요? 지금 포격 중인데 손실 처리하셔야지."

"포격 끝났습니다."

"포격이 끝났다고? 허? 한국 포병대를 너무 무시하는데, 고작 5분 쏘고 끝날 것 같소?"

"물론 그렇지는 않겠죠. 그런데 대포병이 사격당했습니다."

"대포병 사격?"

그 말에 박남원은 아차 하는 얼굴이 되었다.

훈련할 때에는 단 한 번도 대포병 사격이 문제 된 적이 없다.

애초에 단 한 번도 대포병 사격으로 아군 포대가 침묵하는 상황을 접해 본 적이 없었다.

그래서 완전히 망각하고 있었다.

하지만 실전에서는 대포병 사격은 기본이다.

"설마 5분이나 포격을 계속하시면서 대포병이 사격당할 건 생각하지 않으셨습니까?"

"아니, 그건 너무하잖소!"

"너무할 건 없죠. 방어 측과 공격 측의 지원은 똑같다고 말씀드렸습니다만."

다른 건 단 하나, 방어용 무선 조종 터릿뿐이다.

그건 공격용으로 쓸 수가 없는 물건이니 어쩔 수가 없다.

"이쪽도 포대 세 개, 저쪽도 포대 세 개입니다."

당연히 이쪽에서 5분간 열심히 쐈으니 저쪽에서 이쪽 포대의 위치를 모를 수가 없다.

"이익!"

"그나마 운이 좋은 겁니다. 대포병 레이더가 없다는 설정 하에 한 거니까. 그러니까 계산에 5분이나 걸렸지, 대포병 레이더가 있었으면 발사하는 순간 대포병 사격으로 제압되었을 겁니다."

"그러면 나보고 어쩌라는 거요!"

"어쩌긴요?"

노형진은 어깨를 으쓱했다.

"알아서 하셔야지요. 지휘관이시지 않습니까?"

그 말에 박남원의 얼굴이 붉으락푸르락해졌다.

그날 그의 연대가 전멸하는 데 걸린 시간은 딱 두 시간이었다.

"망할 놈! 말할 놈!"

박남원은 이를 박박 갈았다.

두 번이나 졌다.

세 번의 기회 중 두 번이나 놓친 거다.

어제 최종 진격 거리는 150미터.

빠르게 뛰는 사람이면 단 몇십 초 안에 들어갈 수 있는 거리를 밀고 들어가다가 연대가 전멸 판정을 받았다.

"오늘은 어떻게든 이겨야 해! 아니, 하다못해 절반이라도 들어가야 해!"

"포대를 옮겨 가면서 쏠까요?"

"그게 되겠어?"

물론 가능하기는 할 거다.

하지만 그런 식으로 해 봐야 얼마나 빨리 움직일 수 있겠는가?

한 번 쏘고 움직이고 한 번 쏘고 움직여야 하는데, 그러면 제대로 된 제압사격이 이루어지지 못한다.

"그러면 다시 한번 우회를……."

"우회가 되어야 말이지!"

우회를 해 보지 않은 게 아니다.

하지만 높은 곳에 있다는 것은, 창문 위치만 바꾸면 충분히 제압이 가능하다는 소리다.

"연막탄으로 길을 만들어 보죠."

"연막탄?"

"네, 연막탄으로 일단 길을 가리면서……."

"미친 새꺄, 연막탄으로 길을 가려? 아예 적들한테 '여기로 쏘세요.'라고 포인트를 찍어 주지 그러냐?"

"아……."

당연하게도 그건 기각되었다.

"끄응……."

늦은 밤까지 방법을 짜내려고 머리를 부여잡았다.

그러나 도무지 방법이 보이지 않았다.

'이게 전쟁이라고?'

박남원은 문득 소름이 돋았다.

이건 자신이 알던 전쟁이 아니다.

참호를 파고, 다가오는 적들을 포격으로 날려 버리면 그만이라고 생각했던 전쟁은 꿈도 꾸지 못했다.

'이게 만일 진짜 전쟁이었다면?'

문득 목이 서늘해지는 느낌.

하지만 그럼에도 불구하고 포기할 수는 없었다.

어떻게든 이겨야 한다. 이겨야 장군이 될 수 있다.

"분산 투입은?"

"의미가 없죠. 시가전은 소탕전입니다. 도리어 이쪽이 갈려 나갈 겁니다."

"그러면 정찰병 운영은?"

"정찰병이 저격수나 적 병력을 발견할 가능성은 높지 않습니다. 그놈들이 쏘고 이동하면 의미도 없고요."

단 한 번도 시가전이라는 걸 생각해 본 적이 없는 장교들이지만 어떻게든 이기기 위해 온갖 방법을 토해 냈다.

"방패라도 들고 갈까요?"

"방패?"

"네. 방패로 막으면 좀 낫지 않을까 싶은데요?"

"적은 놀겠냐? 느려져. 안 돼."

총알을 막기 위해서는 어지간한 방패로는 안 된다.

쇳덩어리를 들고 다녀야 하는데, 그러다 보면 쉽게 지치고 느려진다.

"시가전이 전쟁에서 악몽이라더니만."

그저 이론으로만 알고 있던 걸 피부로 느끼게 되자 엄습하는 건 도무지 답이 없는 암담함뿐이었다.

"미국이라면 공습이라도 부르겠는데."

"한국에서 공습은 무슨."

진짜 제대로 된 포격도 요청 못 하는데 무슨 공습이란 말인가?

그렇게 밤새도록 장교들은 회의를 계속했지만 수십 년간 지옥이라 불릴 시가전을 뚫고 갈 방법이 있을 리가 없었다.

"끄응."

그리고 박남원은 눈을 찡그렸다.

직감적으로 자신의 이번 승진은 글렀다는 걸 알 수 있었으니까.

장군님 보우하사

"문제가 많네요."

"그렇죠?"

박남원 대령의 최종 전략은 아주 간단했다.

모든 병력을 한꺼번에 밀어 넣어 보자.

혼란이라도 유도해서 돌입이라도 해 보자.

물론 그게 먹히기는 했다.

최고 기록이 나왔으니까.

딱 130미터까지 말이다.

그리고 그 후에 전멸 판정이 떨어졌다.

"여기서도 이 지경인데, 어휴."

심사를 담당하는 직원은 질렸다는 듯 말했다.

"아, 그러고 보니 서 심사관, 군인이었죠."

"네."

얼마 전까지만 해도 전방의 군인이었던 그는 노형진의 도움으로 군대에서 탈출할 수 있었다.

퇴직이 아니라 탈출이다.

군대에서 어떻게든 놔주지 않으려고 소송도 불사했으니까.

결국 탈출했고, 그는 아레스 밀리터리 그룹에서 훈련받고 심사관으로서 다시 돌아온 것이다.

"그때 교육받으면서도 기가 막혔는데 말이죠."

자신들이 아는 교리가 베트남전 이후에 전혀 발전하지 않은 것이라는 점도 충격이었는데, 시가전 교리는 개판도 이런 개판이 없었다.

그럴듯하게 생각은 했지만 정작 실전에서 써먹어 본 적은 없었던 것.

"그나저나 이거, 진짜 지옥이기는 하네요. 여기는 대도심도 아니지 않습니까?"

"그렇죠."

재개발이 예정되어 있는 곳이니 당연히 전체적으로 오래된 구도심일 수밖에 없다.

제일 높은 건물이 6층이고 나머지는 단층 또는 2층 정도의 구도심.

그 구도심조차도 뚫지 못하고 병력이 갈려 나간다.

그런데 현대의 시가전은 구도심이 아니라 신도심에서 벌어진다.

아파트가 수십 층이 넘어가고 벽은 창문으로 가득한 탓에 빛 반사가 심해 안쪽을 볼 수도 없는 곳.

심지어 그런 대단지 아파트들은 지하의 주차장을 공유한다.

넓은 주차 공간을 확보하기 위한 목적으로 지어졌지만, 전시에는 어지간한 포격으로는 건드리지도 못하는 지하 이동 공간으로 활용된다.

"인간은 피로써 배워야 기억한다더니만."

"진짜로 피를 흘릴 수는 없지만 최소한 승진이 걸려 있으면 최선을 다하겠죠."

노형진은 그렇게 말하면서 시선을 돌렸다.

어느 틈엔가 주변의 모습이 바뀌었다.

3일이 지났으니 이제 방어자가 공격자가 되어야 한다.

"가시죠."

노형진은 심사관들을 데리고 이성완 대령에게 향했다.

그런데 그곳에 도착한 노형진은 고개를 갸웃했다.

"진입 준비 안 하십니까?"

"해야죠."

"그런데 뭐 하십니까?"

"게임하는데요?"

핸드폰을 들고 게임을 하고 있는 이성완 대령.

지금쯤 휘하 장교들을 모아 두고 열심히 작전 계획을 짤 줄 알았는데 핸드폰 게임을 하고 있다니.

"음, 그럴 시간이 있습니까?"

"시간이 있다기보다는, 이거 다 쇼인데요, 뭘."

"쇼?"

"저, 3사 출신입니다."

3사관 출신으로 대령까지 올라왔다.

그것만 해도 대단한 업적이다.

동시에 사실상 최후의 업적이다.

한국에서는 육사 출신들이 때려죽여도 다른 소속들은 장군 못 시킨다고 게거품을 물면서 지랄 발광을 하니까.

사관학교는 장교의 산실이지만 동시에 윗대가리가 부패하는 가장 강력한 원인이기도 했다.

"뭐, 매번 이런 식이죠."

규정대로 세 번의 기회를 줘야 하기에 심사 대상으로 올라가기는 하지만 애초에 자신을 올릴 생각은 없다.

이성완은 그 사실을 누구보다 잘 알고 있었다.

"어차피 올라갈 수 없다는 걸 아는데 아랫사람들을 왜 고생시킵니까?"

"그래도 진입은 하셔야죠. 누차 말씀드리지만 이건 단순 테스트가 아니라 시가전 훈련도 겸하는 겁니다. 설마 전쟁 났는데 '나는 3사 출신이니까 돌격 안 합니다.'라고 말하실 겁니까?"

"그건 아니죠."

이성완은 고개를 흔들었다.

승진을 포기한 것일 뿐 군인이 아닌 건 아니니까.

"자 자, 시작합시다."

그는 다른 장교들을 불러들였고 이내 회의가 이루어졌다.

그러나 누구도 쉽게 의견을 내지 못했다.

그도 그럴 게, 지난 3일간 박남원의 부대가 얼마나 개판으로 깨져 나가는지 두 눈으로 똑똑히 봤으니까.

그들이라고 시가전 전술을 체계적으로 배운 것은 아니다. 그저 아는 대로 최소한만 한 거다.

그런데도 그걸 못 뚫고 전멸 판정을 받았는데, 이제는 자신들이 그들을 공격해야 한다.

"어떻게, 다들 방법이 없어?"

"일단은 방법이 없습니다."

"포격은 일회용이겠지?"

"네. 뭐, 이동은 가능하겠습니다만."

5분 이상 사격은 불가능하다.

정확하게는, 대포병 사격 판정을 받지 않으려면 3분간 쏘고 바로 튀어야 한다.

그리고 이동, 설치까지 새로 하는 데 한 시간씩 잡아야 한다.

"자주포면 좋은데 말이지."

"고정포입니다."

노형진은 단호하게 선을 그었다.

최악의 상황을 설정해야 그나마 제대로 된 훈련이 되니까.

"흠."

이성완은 고민하다가 문득 혹시나 하는 생각으로 물었다.

"지금 쏴도 됩니까?"

"지금요?"

"네, 지금요."

"병력이 준비도 안 된 것 같은데요?"

"뭐, 의미도 없는 포병이니까 견제구라도 한번 날려 볼까 해서요."

"마음대로 하세요."

실전 테스트다. 당연히 어떻게 쓰든 그건 지휘관 마음이다.

"음…… 그러면 해당 좌표 효력사 9발 쏘고 바로 이동."

고정식 포대로 효력사 9발이면 쏘자마자 튀는 방식이니 대포병 사격을 피할 수는 있다.

'뭔 생각인지 모르겠네.'

설마 박남원처럼 건물을 하나씩 부수는 전략?

하지만 그렇다고 보기에는 기동시간이 더 오래 걸린다.

한 번 기동하면 한 시간은 못 쓰게 제한을 걸어 놨으니까.

물론 실전에서 기동이 그렇게 오래 걸리지는 않겠지만, 그래도 대포병 사격을 피하기 위해서는 침묵 시간도 있어야 한다.

"좌표로 발사. 효력사."

설정을 잡고 해당 정보를, 방어하는 박남원 대령의 부대를 감시하는 심사관에게 보냈다.

그리고 잠시 후 도착한 보고서는 황당하기 그지없었다.

'뭐지?'

기본적으로 저쪽에서 어떤 피해를 입었는지는 무조건 기밀이기에 말해 줄 수가 없다.

왜냐하면 적들이 이쪽에서 피해 보고를 할 수는 없으니까.

그런데 결과가 너무 황당했다.

-방어군, 원천 거점 타격. 연대장 휘하 중대장까지 전원 전사 판정.

뜬금없이 전원 전사 판정이라니?

물론 그걸 알려 줄 수는 없었다.

하지만 그래도 궁금한 건 어쩔 수 없었다.

"도대체 왜 쏜 겁니까? 거기 뭐가 있는데요?"

"아, 거기요? 동사무소, 아니 요즘은 행정복지센터라고 하던가?"

"그러니까 왜요?"

"보면 꼭 그런 곳에 자리 잡고 상징적인 행동을 하려고 하더라고요."

'그건 그렇지.'

실제로 점령지에서 그렇게 해서 모가지가 날아간 러시아군 장교가 한둘이 아니다.

우크라이나군이 본부가 될 만한 곳에 무선 터릿을 설치해 뒀다가 쏴 버린 것이다.

'하지만 그게 아직 교리로 발전되지는 않았을 텐데?'

당장 우크라이나는 그 방법을 쉬쉬하고 있다.

효율적이고 피해가 없는 방법이니까.

즉, 스스로 생각하고 결론을 낸 것이다.

"그리고 시간이⋯⋯."

힐끔 자신의 손목시계를 바라보는 이성완.

"아침 8시 30분이잖아요."

"그런데요?"

"한국에서는 꼭 이 시간에 조회를 한단 말이죠."

"아아아~."

대충 이해가 갔다.

조회하면서 인원 점검을 하는 게 한국의 기본 규칙이니 당연히 장교들도 대대장이 있는 곳으로 향했을 거다.

'조회하다가 깡그리 사망 판정이 났다는 소리네.'

어이가 없지만 또 틀린 선택은 아니다. 합리적 판단이다.

"자, 일단은 가볍게 찔러보자고."

이성완은 피식 웃으며 말했다.

이날, 이성완의 부대가 전진한 거리는 150미터.

박남원 부대의 최고 기록과 타이기록이었다.

그리고 이성완은 치를 떨었다.

"아니, 연대장 이하 중대장까지 싹 다 전멸 처리당했다고요?"

"네."

"그런데 고작 150미터? 미쳤네."

연대장부터 중대장까지 싹 다 죽었고, 소대장도 참모 역할을 하던 사람들이 우수수 죽어 나자빠졌다.

어떤 부대는 아예 장교도 통신병도 하나 없이 각자 알아서 방어전을 해야 했다.

병장이 지휘를 하면서 진격을 틀어막아야 했으니 체계적인 방어는 불가능했다.

그런데 멀쩡한 완편 부대가 체계적으로 전진해서 고작 150미터.

"시가진이 지옥 같다는 건 알았지만, 와 씹."

만일 지휘부가 멀쩡했다면? 150미터는커녕 50미터도 전진하기 힘들었을 거다.

"그나저나 이거, 내일부터는 어쩐다?"

"잘하셔야죠."

이성완은 노형진에게 놀리느냐는 표정으로 노려보았다.

"놀리는 게 아닙니다. 잘하셔야죠."

"그래요, 잘해야죠. 잘해야 하는데……."

그는 머리를 긁적거리다 문득 뭔가 생각난 듯 노형진에게 물었다.

"그런데 뭐 하나만 물어봅시다."

"뭔데요?"

"작전시간이 언제부터 언제까지입니까?"

"네?"

"작전시간요."

"3일입니다."

"그러니까 3일?"

"네, 3일."

다만 공격은 하루에 딱 한 번만 허락된다.

"3일…… 3일이란 말이죠."

이성완은 그렇게 중얼거리면서 손가락으로 탁자를 두들겼다. 그러고는 자리에서 일어났다.

"전 병력, 진입 준비."

"네? 지금 말입니까?"

"그래."

"하지만 지금 새벽 3시입니다."

참모는 기가 막힌다는 듯 말했다.

"알아. 전쟁에 시간 약속이 어디 있어?"

'그래, 이거지.'

원래 이런 훈련을 할 때는 정해진 시간에 정해진 코스로, 정해진 방식으로 테스트가 이루어진다.

하지만 북한군이 초대장을 받고 오는 것도 아닌데 시간을 봐 가면서 공격하겠는가?

"어, 그리고 불 지르면…… 안 되겠죠?"

"될 것 같습니까? 아무리 재건축 지역이라 해도 안 됩니다."

"그러면 전 병력, 플래시 있는 거 싹 다 수거해."

"네?"

"플래시 있는 거 싹 다 수거하라고."

"하지만 이 밤에요?"

"어차피 달도 밝잖아?"

이성완은 히죽 웃으며 말했다.

"야간 훈련 좀 제대로 해 보자."

⚖

탕탕.

오밤중에 난리가 났다.

"이성완 이 개 같은 새끼가!"

박남원은 길길이 날뛸 수밖에 없었다.

한밤중에 기습이라니.

문제는 그들의 양동작전이 먹혔다는 거다.

"전방에서 교전 중!"

"다른 부대? 2대대는!"

"적과 교전 중인데 퇴각 불가!"

"도대체 어떻게 한 거야?"

분명 인원은 똑같다.

전쟁터에서는 상대방이 훨씬 많을 거라는 걸 알지만 현실적으로 그런 대단위 훈련을 할 수는 없기에 결국 똑같은 연대급 훈련이다.

그런데 저쪽은 사방에서 몰려오고 있다.

"1대대와 2대대 쪽이 주공이고 3대대 쪽이 조공으로 보인답니다."

"미치겠네. 포병 뭐 해!"

"대포병 사격으로 침묵."

자고 있던 병사들은 다급하게 뛰쳐나가 다급하게 방어에 돌입했지만 갑자기 몰려든 공격을 물리치는 게 쉽지 않았다.

"본부 대대 인원 싹 다 차출해서 주공으로 보내!"

"전방 300미터에서 적 병력 발견."

"뭐?"

벌써 여기까지 왔다는 소리에 박남원의 얼굴은 사색이 되었다.

하지만 그래도 지키는 게 유리한 건 너무나 당연한 일.

"적이 물러갑니다."

"다행이다."

밤새도록 방어전을 치렀지만 유리한 건 자신들이었다.

이쪽은 방어하는 입장이니까.

하지만 결과는 잔인했다.

"전 병력 중에서 50% 전사 판정입니다."

"큭."

도심에서 방어하는 쪽은 10 : 1까지 방어가 가능하다고 한다.

그런데도 그 단시간에 절반이 죽었다는 건, 저쪽 병력이 많았다면 방어가 무너졌을 거라는 소리였다.

"어쩌다가……."

도무지 이해가 가지 않았다.

아무리 그래도 자신들은 방어군 아닌가? 그런데 왜 그렇게 죽는단 말인가?

그리고 심사관의 평가는 그 결과를 너무나 잔인하게 알려줬다.

"숙영지에서 재우셨네요."

"그렇소."

"숙영지에서 재우면 당연히 정해진 건물로 뛰어가야 하는데, 그러면 그 순간은 공격군입니다만?"

"아……."

폐건물에서 재우면 깨우는 순간 방어가 가능하다.

하지만 숙영지에서 재우면 일어나서 무장하고 인원 체크하고 방어진지까지 가야 한다.

몰래 들어온 적이 먼저 건물을 점거하고 있으면 달려가다가 죽어 나자빠지는 거다.

다행히 중간에 다급하게 다른 건물에 들어가서 방어했고, 이성완 역시 그걸 뚫을 생각은 아니었는지 총격전으로 싸우다가 후퇴했지만 말이다.

"아니, 애들은 재워야 할 거 아닙니까!"

소장문이 버럭 소리를 질렀다.

그러자 심사관이 비웃음을 날렸다.

"건물에서 자는 게 더 편할 텐데요?"

비와 바람을 막아 주는 건물에서 자는 게 편할까, 아니면 썩어 가는 군납 텐트에서 자는 게 더 편할까?

방어하기에도 그리고 피로를 풀기에도, 건물 쪽이 훨씬 낫다.

"그런데 죄다 숙영지로 불러 모으셨잖습니까?"

"그거야……."

"그런 게 다 문제가 되는 겁니다."

안 봐도 뻔하다.

훈련 중에 탈영할까 봐, 인원 체크하려고 등등 온갖 핑계를 대면서 장교들이 컨트롤 편하자고 불러 모은 거다.

그러다 보니 방어하는 데 한 박자 늦었던 것.

"어디 보자."

심사관은 공격 측에서 날아온 보고서를 보며 피식 웃었다.

"공격 측 인명 피해 10%."

"뭐요?"

"자리를 잡고 있었으니 당연한 거죠."

그 말에 박남원은 똥 씹은 얼굴이 될 수밖에 없었다.

⚖

"머리 잘 쓰시네요?"

"아아, 뭐. 군사작전에서 기만전술은 기본 아닙니까?"

"그렇죠."

플래시를 수거해서 뭐 하나 했더니만 그걸 모조리 1대대와 2대대에 몰아줬다.

3대대는 어둠 속에서 고생고생 했지만 그 대신에 거의 지근거리까지 몰래 들어가는 데 성공했다.

1대대와 2대대가 다수의 플래시를 흔들며 돌격하자 주공을 착각한 방어군이 병력을 빼냈기 때문이다.

다만 여전히 시가전은 시가전인지라 도무지 답이 없는 수준의 방어력 때문에 돌파는 못 했지만 말이다.

사실상 건물을 점령하고 나면 서로 진짜 답 없는 수준이기는 하다.

'그래도 거의 사령부를 잡기 직전이었어.'

지금까지 최고 기록.

"마지막 작전이군요. 그래서 어떻게 하실 겁니까?"

"그러니까, 에…… 한 가지만 여쭤보겠습니다."

"네, 뭐. 아, 물론 기밀은 안 됩니다."

"아뇨, 그럴 리가요. 조건 똑같은 거 맞습니까?"

"네, 똑같은 거 맞습니다. 무선 터릿을 제외하고는 말이죠."

"그렇단 말이죠."

그 순간 띠띠띠 울리는 알람 소리.

밤 12시. 새로운 하루의 시작이다.

"3차 공격, 지금 시작하겠습니다."

"또 야간전입니까?"

"어, 야간전은 아닙니다만? 제 생각이 맞으면 아마 제가 이길걸요."

노형진은 이성완의 말에 고개를 갸웃했다.

"자, 일단은 포격부터 시작하죠, 후후후."

⚖

포격부터 시작된 전투.

잠도 안 자고 훈련이냐고 투덜거릴지도 모르지만 실전이란 그런 거다.

이번에는 박남원도 야간 기습에 대비하고 있었기에 방어

에는 문제가 없었다.

탕탕탕!

연달아 터지는 총성. 그리고 사방에서 몰려오는 공격군.

"적 병력이 사방에서 몰려오고 있습니다."

"적의 포대는?"

"애석하게도 제대로 된 대포병 사격은 못 하고 있습니다만 그래도 다행히 별 피해는 없습니다."

3분 이내로 쏘고 바로 기동한다는 규칙 때문에 격파는 불가능하지만 그 자체만으로도 사실상 화력은 완전히 죽어 버린 셈.

"막아! 어떻게든 막아! 절대로 들어오지 못하게 해!"

어젯밤 당한 창피에 박남원은 고래고래 소리를 질렀다.

이번에 별은 못 달겠지만 어떻게든 이성완 역시 못 달게 하고 싶었다.

'고작 3사 새끼한테 져? 그럴 수는 없어!'

절대 그럴 수 없다.

그러면 다른 동기들에게 개무시당할 거다.

고작 3사 따위에게 지는 놈이라고.

그렇게 무시당하게 되면 2차와 3차 진급 시기에 평점이 개판이 될 거다.

물론 그는 몰랐다.

이제 군 내부의 평가 시스템이 아레스 밀리터리 그룹에 통째로 넘어간다는 걸.

그랬기에 그는 어떻게든 이기려고 눈을 까뒤집고 독려했다.

"싹."

"동쪽에 적 중대 병력 발견!"

"제압사격 해! 싹 다 죽이란 말이야!"

다행히 지금 치르는 전쟁은 시가전. 그리고 시가전에서는 방어하는 쪽이 유리할 수밖에 없다.

아니, 유리해야 했다.

하지만 상황이 이상하게 굴러가기 시작했다.

"6시 방향이 뚫렸습니다."

"뭐?"

"9시 방향, 적 300미터까지 접근."

"뭐…… 뭐라고?"

"잠깐, 말이 돼?"

말도 안 된다. 자신들이 방어군이다.

그리고 방어군이 압도적으로 유리한 게 당연한 거다. 그런데 뚫리다니?

하물며 지금은 낮 2시다.

어젯밤 12시쯤부터 시작된 전투이기는 하지만 적 병력이 갈려 나갔으면 갈려 나갔지, 자신들이 죽을 이유는 없지 않나?

탕탕!

급기야 공포탄 소리가 주둔지 바로 앞에서 들리기 시작했다. 방어선이 무너진 거다.

'어…… 어째서?'

어째서 무너진단 말인가? 아니, 왜 무너진단 말인가?

방어전이지 않나, 10 : 1의 방어력을 가진? 그런데 왜?

그 순간 텐트 문이 열리면서 일단의 병력이 들어왔다.

"항복하십시오!"

감히 자신들에게 총을 들이미는 이등병의 말에 박남원의 눈에 분노가 서렸다.

하지만 그 옆에 있던 심사관의 말은 차갑기 그지없었다.

"2시 34분. 방어군 패배. 연대장 생포 판정."

⚖

방어군이 왜 패했는가?

그건 대한민국 군대의 고질적인 문제 때문이었다.

"그러니까, 내가 총알이 없어서 패했단 말입니까?"

박남원은 기가 막혀서 말이 나오지 않았다.

부대 내 사망 판정을 받은 사람은 거의 없었다.

하지만 무력화 판정이 엄청나게 많았다.

무력화 판정이란 항복 등 특정 이유로 전투를 이어 갈 수 없다고 판단되는 상황에 처했음을 의미한다.

원래 전사 판정 또는 부상 판정만 하는 게 일반적이지만 아레스 밀리터리 그룹에서 새롭게 추가한 판정이었다.

"네."

그리고 그걸 도입한 이유는, 실제로 전투 중에 무력화되는 인원이 존재하기 때문이다. 그것도 상당히 많이.

"총알이 떨어지다니 왜……."

"포병이 어젯밤부터 이곳으로 접근하는 도로에 대한 포격을 실시했습니다."

노형진은 패배한 박남원에게 결과를 말해 줬다.

딱히 비밀에 부쳐야 하는 것도 아닐뿐더러, 알아야 나중에 같은 실수를 하지 않을 테니까.

"이곳으로 들어오는 도로는 총 네 곳인데 연이은 포격으로 네 곳의 도로 모두 파괴 판정을 받았습니다."

"그런데요?"

"도로의 손실로 인해 보급 차량 접근이 불가하다는 판정이 났고, 포병은 지속적으로 도로에 포격을 가했습니다."

이성완의 포병은 이동하면서 계속 도로에 포격을 가했다.

포격이 계속되는 도로는 복구 판정이 날 수가 없다.

애초에 복구 인원조차 투입할 수가 없으니까.

"당연히 보급 차단 판정이 났죠."

"그런……."

"그리고 병사 1인당 개인 휴대 탄 수는 일반적으로 270발입니다."

30발들이 탄창을 사용하는 경우 휴대하는 탄창은 아홉 개 정도.

물론 상황에 따라 어떻게든 욱여넣어서 더 있을 수도 있고, 또 부족하게 가져갈 수도 있다.

"그런데 전면전에서 하루 사용하는 탄창의 수는 수십 개죠."

그 와중에 보급이 끊어지고 추가 탄약 지원이 끊겨졌다는 판정이 나온 것.

결국 부대에서는 휴대 탄약과 소지한 탄약만으로 싸워야 했다.

그런데 훈련하면서 단 한 번도 그걸 지적한 적이 없으니 당연히 병사들뿐만 아니라 장교들조차도 탄약이 보급품이라는 개념이 없었다.

"공격군은 머리를 잘 쓰더군요."

공격군이 서너 발을 쏘면 그 자리로 방어군이 수십 발을 쏟아붓는다.

방어군이 유리한 건 방어력이다.

하지만 보급이 끊어지면 방어력은 의미가 없어진다.

"방어군은 모든 비축 탄약을 소비하신 겁니다."

"하지만 우리 부대에는 아직 비축 탄약이……."

"네, 있겠죠. 그런데 그거 보급하셨습니까?"

노형진은 소장문의 말을 차갑게 잘라 버렸다.

"지난 5일간의 전투는 사실 270발의 탄약으로 충분히 커버 가능한 수준이었습니다."

단시간의 전투였고, 대다수의 병력이 총알을 다 쓰기도 전에 전사나 부상 판정을 받았으며, 이후 옆에 있던 동료가 그 탄약을 현장에서 바로 쓸 수 있었으니까.

"그런데 이번에는 아니더군요."

저쪽은 섣불리 공격하지 않고 코너에서 사격을 유도했고, 방어군은 그쪽을 계속 공격했다.

그리고 탄약이 떨어졌다.

"그런데 단 한 명에게도 보급이 이루어지지 않았습니다."

"그런······."

"탄약 무게가 얼마나 되는지 모르십니까?"

탄약은 무겁다. 거기다 수류탄까지 있다.

소모된 탄약을 보충하기 위해서는 엄청난 인원이 동원되어야 한다.

"대대급의 병력에 지속적으로 탄약을 보급하기 위해서는 최소 소대 단위의 인원이 투입되어야 합니다."

혼자서 '탄약입니다.'라며 보급 딱지를 나눠 주러 뛰어다닐 수는 없다.

애초에 혼자서 나를 수 있는 탄약은 한정적이니까.

즉, 실전을 기반으로 하려면 진짜 적지 않은 수량의 보급을 지속적으로 해 줘야 한다는 거다.

진짜 실탄은 못 준다 해도 최소한 인원과 속도는 맞춰야 한다.

"그런데 단 한 명도 오지 않더군요."

사방에서 적이 공격하고 있으니 보급이고 나발이고 신경 쓰지 않았던 것.

지금까지 단 한 번도 그런 사례가 없었으니까.

"최전선에서는 탄약이 떨어졌는데 보급은 없었죠. 설마 구 일본군처럼 반자이 돌격이라도 지시하시려던 겁니까?"

탄약이 떨어진 병력은 전투 지속이 불가능하니 당연히 무력화 판정을 받을 수밖에 없다.

"보급이라니……."

지금까지 단 한 번도 생각 못 한 일이었다.

박남원은 반쯤 얼빠진 얼굴로 노형진을 바라보았다.

"그러면 이성완은?"

"말씀드렸잖습니까, 머리를 잘 쓰시더라고요."

조건이 동일하다는 사실을 확인하고는 적의 사격을 유도하는 걸로 전략을 바꾸고 지속적인 견제사격과 연막탄으로 방어군의 탄을 소모 처리했던 것.

"공격군은 사망자 20%, 방어군은 전멸 판정입니다."

그 말에 박남원은 고개를 푹 숙였다.

자신이 뭐라고 변명조차 할 수 없을 정도로 참패를 당했다는 걸 인정할 수밖에 없었다.

보고서를 받아 본 송정한은 너무 황당해서 순간 말을 잇지 못했다.

"그래서 장군들, 말해 봐요 이 결과에 대해 어떻게들 생각하십니까?"

"각하, 이건 훈련이라고는 모르는……."

"그러면 노형진 자문 위원의 말이 틀렸다는 겁니까? 지금 전쟁이 벌어지는 러시아-우크라이나 전쟁의 교전 기록을 바탕으로 설정한 상황인데?"

장군 중 한 명이 애써 변명하려다가 이내 눈만 데굴데굴 굴리면서 찌그러졌다.

그 모습을 지켜보던 노형진이 입을 열었다.

"네, 저는 훈련에 대해 여러분보다는 모르겠죠. 하지만 실전에 대해서는 더 잘 알 겁니다. 애초에 군대가 훈련을 하는 조직입니까, 실전에 대비하는 조직입니까? 훈련만 할 거라면 왜 군대가 있습니까? 그 돈으로 차라리 외부 군사 기업을 사는 게 싸게 먹힙니다."

"아니, 그건 당신이 군사 기업을 운영하니까 하는 말이죠."

"그러면 장군님께서는 이 결과가 당연하다는 겁니까? 저기 러시아처럼 병사들 목숨 갈아 넣어 가면서 배우시려고요?"

"……."

새롭게 도입된 승진 테스트 결과는 비참했다.

아니, 그저 비참하다고 표현하고 넘길 수 있는 상황이 아니었다.

"보다시피 이번 테스트는 시가전만 한 게 아닙니다."

원래 테스트를 시가전만 할 수는 없다.

왜냐하면 전투는 한 곳에서 하는 게 아니니까.

시가전, 산악전 그리고 평야전.

노형진이 심사하러 간 테스트는 시가전이지만 승진 대상은 시가전과 산악전 그리고 평야전, 세 곳을 모두 다 지휘한 결과를 보고 결정하게 될 거다.

"그런데 보급 문제에 대해 언급한 건 단 한 곳뿐입니다. 그마저도 단 한 사람이죠."

총 6개 부대가 참가했는데 보급에 대해 언급하거나 실제적으로 보급 관련 행동을 한 건 단 한 곳뿐이었다.

나머지는 아예 보급과 관련해서는 생각도 하지 않았다.

심지어 어떤 부대는 개전하자마자 밥차가 박살 났다.

"아니, 그건 좀 치사한 거 아닙니까? 조준 사격하는 경우가 어디 있습니까?"

"김 장군님, 지금 21세기입니다. 저희 자폭 드론은 고작 300만 원입니다. 300만 원요. 우크라이나에서 자체적으로 개조해서 만드는 상업 드론 개조 버전은 50만 원이고요."

장군들의 말을 들은 노형진은 진짜 할 말이 많았다.

"개활지 작전을 하는데 유개호를 만들 줄 아는 사람은 아무도 없고, 대놓고 밥차에 주둔지를 노출시키고. 지금 러시아-우크라이나 전쟁에서 하루에 얼마나 많은 사람이 드론으로 죽어 나가는지 모르십니까."

"……."

"그걸 떠나서, 한국에서도 정밀유도 박격포탄이 개발된 지가 몇 년인데 멍텅구리 포탄 시절을 생각하십니까?"

이제 더 이상 무개호로 땅속에 들어가서 멍텅구리 포탄이 직격만 하지 말아 달라고 비는 시대가 아니다.

하늘에서 드론이 정찰해서 정밀유도로 때려 버리든가, 심지어 드론이 아예 직접 참호 내부로 수류탄이나 화염병을 투하해 버리는 시대다.

당장 노형진의 기업에서도 그런 드론을 엄청나게 만들고 있다.

"드론 조종할 줄은 압니까? 아니, 드론으로 전술 짤 줄이나 압니까?"

"아니, 우리도 드론을 연구하는 전문 부서가 있어요. 각하, 저놈 말 믿으시면 안 됩니다."

"아, 그 부서요? 저도 알죠. 그런데 거기에 있는 드론이라고는 상업용 드론 다섯 개가 전부 아닙니까?"

"그걸 어떻게……."

"우리 직원이 거기 출신입니다."

드론 부서를 만들면 뭐 하나, 투자도 개발도 안 하는데.

전 세계가 러시아-우크라이나 전쟁에서 드론의 활약에 충격받아 입을 쩍 벌리고 있는 와중인데 한국군은 여전히 드론을 개무시하면서 장난감 취급하고 있다.

"그 직원, 미국에서 전공한 박사급입니다. 그런데 개돼지 취급했다면서요?"

조국을 위해 국방에 헌신했는데 결과는 중국산 싸구려 드론 몇 개 던져 주면서 어떻게든 자폭 드론 좀 만들어 보란다.

"투자비로 수십억이 들어갔는데 그 돈 다 어디 갔습니까?"

"……."

심지어 한국 내에서 군사용 드론이 생산되고 있는데 그걸 사겠다고 하지도 않았다.

"아니 그게, 우리도 자체 개발을 해야……."

'웃기네.'

드론 전문가들이 한국군에는 미래가 없다고 튀어나오고 있는 상황이다.

자체 개발? 물론 그건 중요하다.

사실 미국이 쓰는 고고도 드론 같은 경우는 우리도 개발해야 한다.

"그러면 제대로 지원을 해 줘야지요."

장비도, 시설도, 부품도, 월급도 제대로 지급하지 않으면서 드론을 만들어 내라고만 한다.

"이제는 드론 제작이 어려운 기술도 아니고."

중국도 터키도, 심지어 우크라이나도 자체적으로 드론을 생산해서 전쟁에 쓴다.

그런데 한국만 여전히 정찰용 드론도 못 만들고 있다.

'안 봐도 뻔하지.'

룸살롱에서 술이나 처마시면서 리베이트 받을 생각과 여자만 보면 허리띠를 풀 생각만 대가리 속에 박혀 있으니 러시아-우크라이나 전쟁에서 뭔 꼴이 벌어지는지 신경 쓰기 싫은 거다.

아니, 신경 쓰고 싶지 않은 거다.

왜냐하면 전쟁의 양상이 바뀌었고, 나이 먹은 그들은 따라갈 자신이 없으니까.

그러면 자신들은 퇴물이 되는 거고, 퇴물이 되면 리베이트도 없으니까.

"이번에 뛰어난 결과를 낸 이성완 대령에 대해 이야기해 볼까요? 이성완 대령은 뭐 특별히 능력이 뛰어난 줄 아십니까? 미안한데 이성완 대령은 전략의 천재가 아닙니다."

그가 이순신 장군님처럼 전략적으로 뛰어나고 획기적인 기적을 일으킨 게 아니다.

사실 그가 쓴 모든 전략은 역사적으로 사용된 것들이다.

야간 기습 작전은 가장 흔하고 뻔한 작전이고, 아침마다 조회하는 건 자기도 하는 거니까 혹시나 하고 찔러본 거고,

후방 도로를 파괴해서 보급을 막는 건 당장 러시아군이 쓰는 전술이라 뉴스를 조금이라도 봤으면 다 아는 전술이다.

"이성완 대령이 천재라서 그런 결과를 낸 게 아니라 그걸 모르는 장교들이 무능한 거예요!"

노형진의 말에 장군들은 이를 악물며 당장이라도 쏴 죽이고 싶은 얼굴이 되었다.

감히 장군인 자신들에게 그런 말을 하는 걸 용서할 수가 없었으니까.

하지만 노형진은 단호했다.

"한국에서 장군들은 최고 존엄이죠. 심지어 대통령보다도 더. 하지만 제가 그걸 인정할 것 같습니까?"

"아니, 말을 어떻게 그렇게 합니까?"

"송정한 대통령님께 제출된 보고서에 누락된 거 한번 대대적으로 털어 볼까요?"

"각하! 그건 군사기밀입니다!"

"저도 자문 위원으로서 보안 자격 있습니다만?"

노형진의 말이 계속될수록 장군들은 할 말을 잃어버렸다.

"그리고 제가 언제 군사력 정보를 달라고 했습니까? 효율적으로 운영하시라 이겁니다. 당장 산악전에서 왜 방어군이 전멸했는지 모르세요?"

산악전도 방어군이 유리할 수밖에 없는 구조다.

그런데 이번 테스트에서 그들은 전멸했다.

포격으로? 아니다.

드론으로? 아니다.

부대의 탄약을 배후에 두고 있었기 때문이다.

정확하게는 부대원들이 쓸 탄약을 산 위로 나르는 과정이 없었고, 그 바람에 인정된 탄약이 개인당 270발뿐이었다.

당연하게도 공격이 들어오자 탄은 순식간에 소모되었다.

아래쪽에서 탄을 공급받으며 드론으로 견제하면서 올라오는데 총알이 떨어졌으니 최후의 선택은 백병전뿐.

그마저도 총알이 없으니 전멸 처리된 것.

"죄다 그런 식이에요. 심지어 6.25 때조차도 장교들은 보급에 목숨을 걸었습니다."

6.25 당시의 한국에는 '지게부대'라는 게 있었다.

고지전이 흔하게 벌어지던 당시에 수많은 탄약과 식량을 나를 방법이 없었던 한국군은 소위 지게부대라는 걸 만들었다.

탄약과 보급품을 지게에 지고 산 위에까지 나른 거다.

"그런데 지금은 전쟁 나면 탄약을 어떻게 나를 겁니까?"

지게부대는커녕, 병사들이 탄약을 나를 수 있는 수단 자체가 없다.

"그거야 헬기로……."

"적은 바보예요? 지대공미사일로 쏴 버리면요?"

산악전 정도의 사거리면 헬기로 보급할 수는 없다.

그렇다고 미군처럼 무차별적으로 공중투하할 수도 없는

노릇이다.

최소한 그런 무차별적인 공중투하의 기본은 탄약을 차량으로 나를 수 있어야 한다는 조건이 붙는다.

그런데 차도 못 올라가는 산에서 그걸 어떻게 가져온단 말인가?

"아니, 산뿐만이 아니죠."

당장 부대에서 ATT(Army Training Test)를 한다고 치자.

그러면 그때는 실전에서처럼 탄약을 진짜로 가져와서 차량에 실어 날라야 한다.

"손수레 서너 개만 있어도 시간은 훨씬 줄어듭니다."

손수레는 쓸 일이 많다.

실제로 손수레를 보유한 부대도 많다.

"그런데 훈련에서는 못 쓰죠."

노형진의 지적에 장군 한 명이 곤란한 표정으로 입을 열었다.

"그걸 쓰면 훈련이 안 됩니다. 그리고 그걸 쓰다가 적의 기습으로 손수레가 파괴되면……."

"그러니까 장군님 말씀은, 손수레를 쓰면 한 시간 내에 출동할 수 있는 걸 병사들이 노동을 좀 덜하게 될까 봐, 아니면 자칫 파괴될까 봐 걱정돼서 손수레를 쓰지 않고 두 시간을 걸려서 출동해야 한다 이거네요."

"아니, 비상 상황이라는 게……."

"애초에 적이 자대까지 와서 손수레를 파괴할 정도면 이미 전쟁 끝난 거 아닙니까?"

적군이 바보도 아니고, 출동하기 위해 차량이 대기하고 있는데 손수레를 부수겠나? 차량을 부수겠지.

"끄응."

"지금 대한민국 군대가 그 지경입니다."

실무적인 업무의 영역이 아니라 그냥 쇼, 그리고 장군님의 취향에 맞춘 훈련이 우선이다.

손수레를 쓰면 빠르고 효율적이지만, 장군님 눈에 손수레를 끌고 이리저리 움직이는 병사들의 모습이 좋게 비치지 않을 테니 당연히 손수레를 써서는 안 된다.

이게 규칙이다.

"그러면 산에는 어떻게 탄약을 가져갈 건데요?"

지게만 있어도 나를 수 있는 탄약의 양은 대번에 두 배가 된다.

지게조차 없으면 어깨에 짊어지고 가야 하는데, 구조적으로 쉽게 지치고 나를 수 있는 양에도 한계가 있다.

"저희가 많은 심사를 한 것도 아닙니다. 그냥 딱 세 가지 상황만 테스트한 겁니다."

하지만 그 결과는 비참했다.

한국의 보병 전술은 진짜로 아프리카 빈국의 반군만도 못하다.

아프리카 빈국의 반군은 최소한 리어카로 탄약을 나를 생

각이라도 하지, 장군님 보시기에 불편할까 봐 못 쓰게 하지
는 않는다.

"……."

장군들은 더 이상 아무런 반박도 못 했다. 틀린 말이 아니
니까.

"다들 잘 들어 두세요."

송정한은 보고서를 다시 한번 눈으로 훑으며 차갑게 말했다.

"내 임기 중 국방 개혁의 핵심은 선진 과학기술도 아니고
거대한 전함 건조도 아닙니다. 물론 지속하던 사업은 계속할
거고 과학 투자도 계속할 겁니다. 하지만 최우선 과제는 전
투력 현실화입니다."

효율적이고 체계적인 전투부대로의 개편.

"비효율적인 건 싹 다 없앨 겁니다. 당연히 그 안에는 전투
장비 지급도 있습니다. 레이저 사이트에서부터 조준경까지."

"각하! 하지만 그러면 장병들의 반발이……!"

"무슨 반발요?"

"그런 전투 장비는 가격이 너무 비쌉니다. 그걸 보호하는
데……."

"그걸 왜 보호합니까? 써야지. 고장 나면 수리하면 되는
겁니다."

"하지만 그러려면 돈이……."

"돈이 없는 게 아니에요. 도둑이 많은 거지."

순간 장군들은 아무 말도 하지 못했다.

"다들 알 거라 생각합니다. 못 하겠으면 여기서 사표 쓰고 나가요. 지금 사표 쓰면 불명예제대는 참아 줄 테니까. 아니면 돌아가서 쿠데타라도 준비하든가."

그 말에 장군들의 얼굴이 푸르죽죽해졌다.

대통령이 이 정도로 독하게 말한다는 것은 진짜로 마음을 독하게 먹었다는 뜻이니까.

"다들 가서 개혁 준비하세요."

장군들을 보낸 후에 송정한은 노형진에게 말했다.

"자네가 봐서는 어떤가? 너무 심한가?"

"아닙니다. 우리가 뭘 하든 국방부와 장군들은 무조건 반대할 겁니다."

자신들이 처먹을 게 없어지고 권력이 사라지는 일이니까.

"같이 갈 수 없다면 차라리 선을 넘지 못하게, 확실하게 못을 박아 두는 게 낫습니다."

노형진이라고 좋아서 장군들과 적대하는 게 아니다.

하지만 대한민국의 군대는 단 한 번도 개혁되지 않았다.

매번 개혁하려고 할 때마다 군대는 국가 기밀 운운하면서 끝까지 저항했다.

"좋게 갈 수 있는 시간은 벌써 오래전에 끝났습니다."

"쉬운 일은 아니군."

"그래도 해야죠."

쇼만 없어도 군대는 훨씬 잘 굴러갈 테니까.

"피 흘리지 않는 개혁이란 없습니다."

송정한은 노형진의 말에 쓰게 웃을 수밖에 없었다.

항명

훈련에 가장 필요한 게 무엇인지, 제일 잘 아는 건 누구일까?

장교들?

아니다. 애석하게도 대부분의 고위 장교들은 훈련에 가장 필요한 게 무엇인지 전혀 모른다.

정확하게는, 낮은 계급일 때에는 필요성을 느끼지만 고위 장교가 되는 순간 완전히 잊어버린다.

그랬기에 그걸 알아보는 방법 중 가장 좋은 건 바로 병사들에게 물어보는 것이다.

"네? 훈련에서 가장 필요한 거요?"

"네."

"그렇게 물어보셔도……."

201강습여단의 병사는 갑작스러운 질문에 머리를 긁적거렸다.

201강습여단은 한국에 있는 기동부대다.

그리고 한국에서 가장 많은 훈련을 하는 정예부대 중 하나다.

처음부터 다 적용할 수는 없기에 실전 테스트 부대로 지정된 게 201강습여단이다.

그들은 산악전, 시가전, 평야전 등 모든 훈련을 다 하기에 어떻게 보면 테스트에 가장 적합한 부대였다.

다만 그간 해 오던 게 있었기에 당장 뭐가 필요한지는 모르는 듯했다.

"훈련하다가 필요한 게 있으면 바로 말해 주시면 됩니다."

"네, 뭐……."

병사들도 낯선 분위기에 어수선했다.

사실 분위기가 좋을 수는 없다.

그렇잖아도 빡세기로 소문난 부대인데 테스트 부대까지 되었다는 건 온갖 고생을 한다는 거니까.

별의별 걸 다 적용시켜 보고 안되면 원점으로 돌리고 다시 도입하고.

배우는 입장에서는 미칠 거다.

"어쩔 수 없지."

노형진은 분위기를 살피며 말했다.

"하긴, 극단적으로 하지 않는다면 답이 없으니까요."

심사관들은 고개를 끄덕거렸다.

그 순간 울리는 사이렌 소리. 훈련 시작이다.

병사들은 번개같이 튀어 나갔다. 그리고 허둥거렸다.

"손수레 어디 있어? 손수레!"

"3분대가 손수레 팀 아니야?"

"뛰어, 이 새끼들아!"

온갖 정신없는 상황.

그러나 이 정도 변화에는 금방 적응했다.

"확실히 짧아졌네요."

일반적으로 차량에 탄약과 물자를 올리고 출동 준비하는 데까지 필요한 시간이 기존에는 1시간 30분.

하지만 오늘은 50분이 걸렸다.

전에는 탄약을 나르는 데 수십 명이 달라붙어야 했지만 그 인원이 3분의 1로 줄어들면서 그만큼 다른 부서로 인원을 배치했으니까.

막사를 비우는 쪽도 군장을 정리하는 쪽도 평소보다 여유로웠는데도 시간이 남아돌았다.

"나쁘진 않네요."

손수레를 배치하고 탄약고에 접이식 벨트컨베이어를 설치한 것뿐이다. 그런데도 시간을 무려 절반 가까이로 줄였다.

그리고 그것만으로도 병사들의 얼굴에 피곤이 덜해졌다.

"이제 본격적으로 물어보기 시작하죠."

노형진은 사람들을 데려가서 병사들에게 뭐가 필요한지, 그리고 어떤 대체재가 있는지 등을 물어보기 시작했다.

그러자 생각보다 많은 아이디어가 나왔다.

그냥 위에서 시키는 대로 하고 관리만 하는 장교들이야 그다지 신경 쓰이지 않겠지만, 현장에서 몸을 쓰는 당사자 입장에서는 좀 더 편하고 효율적인 방법을 찾기 마련이니까.

"그, 창문 아래 매트리스를 쓰면 안 되나 싶은데요."

"매트리스요?"

"네. 그러니까 생활관을 비울 때는 일이 겁나 많단 말이죠."

병사들이 군장을 싸고 튀어 나간다고 해서 생활관이 다 비는 게 아니다.

온갖 물품을 더플백이라고 하는 가방에 넣어서 옮겨야 한다.

"그걸 다 짊어지고 입구까지 가져왔다가, 다시 들어가서 다시 싸 가지고 가져와야 한단 말이죠."

"그런데요?"

"차라리 1층에 매트리스를 쫙 쌓아 두면 편하죠."

1층에 매트리스를 깔고, 더플백을 그 위로 던지자는 것.

어차피 천 같은 건 부서질 이유가 없고 부서질 물건들은 대부분 이동 대상이 아니다.

전쟁터에 TV나 냉장고를 들고 갈 일은 없으니까.

"지금 상황으로 보면 1층부터 4층까지 올라갔다가 내려와야 하는데요."

움직이는 시간도, 그리고 그걸 차량에 적재하는 시간도 오래 걸린다.

"어차피 매트리스가 1층에 있으니까."

1층 생활관에서 매트리스를 꺼내어 창문 아래에 깔아 두고 창문으로 휙휙 던지면 시간을 5분의 1 이상 단축할 수 있다.

"흠."

그 말에 노형진은 고개를 끄덕거렸다.

확실히 효율적인 방법이다.

사용한 매트리스는 다시 생활관에 던져두고 출발해야 하지만, 그러는 데 걸리는 시간은 10분도 안 될 테니 수십 명이 몇 번이나 4층 건물을 왕복하는 것보다는 훨씬 빠를 거다.

"물론 부서질 거 안 부서질 거 다 구분해야 하기는 하지만⋯⋯."

애초에 군대에서는 부서질 물건은 가급적 쓰지 않는다.

전쟁터에서 고이고이 모셔 둘 게 아니니까.

더군다나 더플백의 특성상 그런 물건이 그 안에 들어갈 가능성은 진짜 극소수일 수밖에 없다.

더플백에는 대체로 운동화나 슬리퍼처럼 던져도 부서지지 않을 물건만 들어가니까.

"좋은 아이디어군요."

"아, 그리고 바빠 죽겠는데 장교 개인용품은 좀 빼면 안 될까요?"

그 말을 들은 노형진은 눈을 찡그렸다.

"장교 개인용품요?"

"훈련 나가서 자기들은 편하게 자겠다고 병사들한테 접이식 침대도 챙겨라 세숫대야도 챙겨라 막 그러거든요."

'아직도 그런다고?'

차별감을 느끼게 된다면서 총기 부착물도 쓰지 못하게 하는 놈들이 훈련 나가 편하게 먹고 자려고 개인용품까지 챙기라고 시키다니.

"이걸 저한테 들었다는 건 비밀입니다."

"알겠습니다."

노형진은 그렇게 하나씩 정보를 얻어 갔다.

그리고 먼 곳에서 그 모습을, 장교들은 불만 가득한 얼굴로 바라보고 있었다.

⚖️

"마음에 안 들어."

자수동 소장은 이를 박박 갈았다.

"저게 어떻게 훈련이 되느냐고!"

훈련을 시작하자마자 병사들은 번개같이 군장을 메고 튀어 나가서 차량에 군장부터 올리고, 그 후에 손수레를 이용해서 무서운 속도로 탄약을 날랐다.

수백 수천 명의 병사들이 탄약을 나르기 위해 바글거리면서 뛰어다니는 모습은 자수동에게 큰 감동을 주곤 했다.

내가 저들의 지배자다, 내가 저들을 지배한다 하는 감정.

그런데 지난 며칠간의 훈련은 그게 아니었다.

훈련의 효율성을 따지면서 방법을 개선하다 보니 병사들은 손수레에 물건을 집어 던지고 너무 편하게 움직였다.

원래 한 시간 30분이 걸리던 훈련이 고작 50분 만에 끝났다.

이 정도면 효율성에서 최고 점수를 받아야 하고 실전적으로는 칭찬받아 마땅한 일이건만, 자수동에게 있어서 그건 자신에 대한 모욕이었다.

"병사들은 개처럼 굴려야 훈련이 된다고! 저렇게 편하면 무슨 훈련이 된다는 거야?"

"맞습니다, 자 소장님. 제대로 훈련도 하지 않는 놈들이 무슨 병사입니까?"

"시간을 줄이는 게 문제가 아닙니다. 최악을 대비해야지요. 적의 스파이가 와서 손수레를 파괴하면? 그때는 어쩔 겁니까?"

장교들은 말도 안 되는 헛소리를 찍찍 하면서 저마다 못마땅한 감정을 토로했다.

"이대로 가면 병사들이 그냥 놀자 판이 될 겁니다."

훈련을 하되 실전에 맞는 훈련을 하는 게 중요한 게 아니다.

중요한 건 병사들을 개처럼 굴리는 거다.

그래야 실적도 올라가고, 그래야 자신이 승진할 수 있다.

장군들에게 중요한 건 군의 유지나 향상이 아니다.

자기 자리, 자신의 노예들 그리고 리베이트다.

당장 군대 문제에 대해 떠드는 군 출신 유투버들이 넘치지만 장군들은 그들의 말을 듣지 않는다.

그 대신에 그들을 빨갱이로 매도하며 그들이 국가를 말아먹고 있다고 떠들고 자신에게 노예처럼 기라고 요구한다.

실제로 해당 유투버의 영상을 봤다는 이유로 장교를 폭행하고 무슨 수를 써서라도 불이익을 주겠다고 눈깔이 돌아간 장군이 한둘이 아니다.

일부 장군들에게 있어서 중요한 건 오로지 자기 권력일 뿐이지 군의 사기 증진이나 전투력 증진이 아니니까.

"이거 어떻게 처리할까요, 장군님."

"으음……."

그 말에 자수동은 고민했다.

"이대로 가면 우리 자리가 위험하단 말이지."

"그러면……."

"일단은 기다려 봐. 내 다른 장군들이랑 만나서 이야기해 볼 테니까."

자수동은 절대 이대로 끌려갈 생각이 없었다.

며칠 후, 자수동을 비롯한 주요 장성들이 은밀하게 한자리에 모였다.

"이거 어떻게 해야 할지 아시죠?"

논의를 위해 모였지만 다들 답은 이미 정해져 있다는 걸 알고 있었다.

"정치인 새끼들, 군대는 우리 나와바리인 걸 몰라요."

"지들도 못 하는 개혁을, 웃기는군요."

군대 개혁.

대한민국이 수십 년간 시도해 왔지만 단 한 번도 성공하지 못한 이유가 뭘까?

당장 대한민국 성인 남성 중에 군대가 좆같고 부패했으며 또한 무능하다는 걸 모르는 사람은 없다.

미국도 대한민국 군대 좀 개혁하라고 수십 년째 이야기하고 있다.

오죽하면 노형진을 내세워서 아레스 밀리터리 그룹을 통해 개혁을 하라고 하겠는가?

그리고 대통령들이 죄다 바보도 아닌데 그 개판인 걸 모를까?

아니다. 안다.

알면서도 못 한 가장 큰 이유.

"항명합시다."

바로 항명 때문이었다.

사람들이 잘 모를 뿐, 국방부에서 집단 항명은 생각보다 자주 일어난다.

정확하게는 장군들이 대통령에게 항명하는 거다.

물론 그럴 기회가 많은 건 아니다.

하지만 동시에 아예 없는 것도 아니다.

장군들의 대통령에 대한 항명의 방법은 간단하다.

못 한다고 핑계를 대는 거다.

예를 들어 모 국방부 장관이 300억대 뇌물을 받아 처먹은 장군에게 한 말.

－생계형 비리이니 선처해 줘야 한다.

이게 대표적인 항명이다.

대통령은 분명 처벌을 명령했고, 300억대 뇌물이라면 사보타주라고 봐도 무방하다.

그런데 국방부 장관은 대놓고 무시했다.

하지만 그 사실이 언론에 보도되지도 않았고 대통령도 그에 적극적으로 대응하지 못했다.

'군이 통제되지 않는다.'

그건 국민들에게는 두려운 사실이며 또한 공포스러운 일이다.

한국은 벌써 세 번이나 쿠데타가 일어났던 나라니까.

그걸 알기에 기존 대통령들은 한두 명도 아닌 집단적 항명의 경우는 전전긍긍하고 끙끙 앓으면서 모른 척하는 수밖에 없었다.

그게 수십 년간 군대가 권력을 유지한 방법이었고, 또 그게 수십 년간 부패한 군부가 대응하는 방법이었다.

"빨갱이 새끼. 대통령이 되니까 뭐라도 된 줄 아나 본데."

장군들은 모여서 이를 박박 갈았다.

"지금부터 우리는 항명합니다."

"옳습니다."

"좋소이다."

그들은 그렇게 외치며 자신감을 북돋았다.

언제나 그렇게 해서 승리해 왔다.

그리고 이번에도 그럴 거라, 그들은 확신하고 있었다.

⚖

"너무나 놀랍지도 않군."

물론 항명이라고 해서 대놓고 '나는 너의 명령을 듣지 않는다.'라고 하지는 않는다.

그 대신에 알음알음 평계를 만든다.

"그러니까 심사관의 보안 허가를 거부했다 이거지?"

"네. 평계는 '외부 인원에게 보안 허가를 하는 건 위험하다. 군사보안 사항이다.'라는 거죠."

"어이가 없군."

분명 송정한은 군의 통수권자로서 심사를 통해 군을 혁신하고 실전 강군으로 바꾼다고 했다.

그런데 이제 와서 갑자기 한다는 말이 보안 사항이라 허가를 못 해 준다?

"그 심사관들이 군인 출신이라고 했지?"

"그렇습니다. 최소한 대위, 높은 분은 중령급 이상의 장교 출신입니다."

"그런데 믿을 수가 없어서 출입 허가를 못 해 준다?"

"제가 말씀드렸잖습니까, 분명히 항명할 거라고. 군대에서 항명은 윗선 길들이기에 가장 효율적인 방법입니다. 병사들도 윗선 길들이기 한다고 경례도 안 하고 항명하는 일이 빈번한데, 그 문화가 어디서 왔겠습니까?"

"끄응."

노형진의 말에 송정한은 신음을 냈다.

그도 군대에서 그 꼴을 봤으니까.

철저한 위계질서와 상명하복으로 굴러가는 군대에서 항명이 터진다는 것은 보통 두 가지 이유 때문이다.

첫 번째, 윗선이 답이 없는 수준으로 무능 그 자체인 경우.

진짜 이 새끼 따라가면 다 죽는다고 판단되는 경우에 항명을 한다.

하지만 평시에는 그런 일이 거의 없거니와, 병사들은 어차피 제대하면 볼 일 없는 인간이기에 그런 경우는 무척이나 드물다.

그리고 두 번째 경우가 바로 소위 길들이기 하는 경우다.

신임 장교가 왔는데 만만해 보이고 저 새끼를 꺾으면 내가 부대를 먹을 수 있겠다 싶으면 항명을 한다.

심지어 그 짓을 병장 같은 병사 계급이 하기도 한다.

중대장이나 대대장은 그 사실을 알면서도 보고서가 올라가면 자기 인사고과가 떨어지니 쉬쉬한다.

신임 소위가 당하는 그런 항명은 군 내부에서 심각한 문제다.

그런데 고작 1년 6개월 군대에 있는 병사가 그런 걸 어디서 배웠겠는가?

당연히 윗대가리다.

수십 년간 항명으로 개혁을 막아 온 군부대다.

당연히 그 사실을 미국 정부나 CIA가 모를 리가 없다.

개혁 시도가 들어가면 100% 항명할 거라는 걸 안다.

그랬기에 노형진에게 미리 경고했고, 노형진은 그걸 송정한에게 미리 전해 놨다.

"웃기는군."

"보이는 게 전부는 아니죠."

사람들은 군대가 국민을 지키는 존재라고 믿고 있겠지만 사실 장군들에게 국민은 알 바 아니다.

"군대가 쿠데타를 일으키지 않는 건 쿠데타를 일으켜 봐야 못 이기기 때문입니다."

과거처럼 병사들이 일자무식도 아니고, 쿠데타가 발생해도 그걸 따르는 사람은 극히 드물다.

홍안수가 쿠데타를 일으켰을 때도 대부분의 병사들은 그게 쿠데타가 아니라 역으로 쿠데타 세력으로부터 수도 서울을 지키는 작전으로 알고 있었다.

"한국에서 이제 군부대가 쿠데타를 일으키는 건 거의 불가능할 겁니다."

병사들이 쿠데타 세력에게 동조하기에는, 너무 잘 아니까.

실제로 쿠데타가 일어나는 대부분의 나라의 공통점이 병사들의 학업 수준이 떨어진다는 것이다.

"그러니까 나오는 게 항명이죠."

"자를 수 없다 이건가?"

"이게 참 말장난이거든요."

노형진은 어깨를 으쓱하며 말했다.

"대통령은 군 통수권자입니다. 하지만 군 지휘권은 없죠."

"웃기지만 그게 현실이지."

법이나 현실을 모르는 사람들이야 그게 뭔 말도 안 되는 개소리냐고 할지도 모른다.

하지만 실제로 대통령은 군 통수권자라는 헌법적 직위에 있지만 정작 군에 대한 지휘권은 없다.

일단 평시 군에 대한 통제권.

지금처럼 명령을 내려도 군의 장성들이 조직적으로 저항하는 경우에는 대통령은 군 통수권자로서 명령을 내리기가 껄끄럽다.

왜냐하면 이 조직적 저항의 뒤에는 인사권이 있으니까.

부당한 명령이 아닌 합당한 명령에 대해 거부하려고 할 때, 그들이 미래에 대한 생각을 하지 않을까?

당연히 그들은 반대 정당에 달라붙어서 지랄 지랄을 한다.

그리고 반대 정당에서는 그걸 물고 늘어진다.

장성들이 대규모로 저항하면서 국방이 무너지네 군대 장악력이 떨어지네 하면서 말이다.

과거에 하나회를 날려 버릴 때, 왜 계획도 없이 순식간에 모가지를 날려 버렸겠는가?

잠깐의 틈을 주는 순간 발생할 수 있는 그나마 피해가 적은 상황이 반대 정당에 붙어서 정권 전복을 꾀하는 거고, 최악의 상황이 쿠데타이기 때문이다.

그렇다고 전쟁이 나면 대통령에게 군 통제권이 생기냐면 그것도 아니다.

전쟁이 나면 미군이 지휘권을 가지게 된다.

"현실적으로 보면 대통령에게는 군 통수권이라는 헌법적 권리만 있을 뿐 실질적인 건 아무것도 없죠."

군 장성들은 대통령을 무시한다.

한국의 대통령들은 거의 대부분 미필이거나, 군필이어도 병장 제대가 일반적이다.

송정한은 병장이 아니라 군 검사 출신이지만 그럼에도 불구하고 그렇게 무시하는데 병사 출신들은 어떻겠는가?

그러니 미필일 때는 미필이라고 무시하고, 군필일 때는 전략이라고는 모르는 병장 출신이라고 무시한다.

그들의 머릿속에서 진정한 통수권자란 당연히 군 출신, 그것도 장군 출신이어야 한다고 생각하는 것이다.

"그렇다고 인사권을 가진 것도 아니고요."

물론 대통령이 장군급 인사권을 가지는 건 사실이지만 추천하는 것도 국방부고 그 후에 휘하 장교들의 인사권을 가지는 것도 장군들이다.

물론 대기업도 과장급의 인사를 회장이 담당하는 건 아니다.

하지만 군대와 다른 점은, 대기업에서는 마음에 들지 않는다는 이유로 회장이 '저 새끼 잘라.'라고 지시하면 과장이 잘리지만 군대에서는 그게 안 된다는 거다.

대통령이 아무런 이유도 없이 그런 명령을 내리는 건 국민들의 저항을 불러일으킨다.

그런데 웃긴 건, 장군은 그래도 된다는 거다.

장군이 누가 마음에 들지 않는다며 '저 새끼 잘라!'라는 한 마디만 하면 그 장교는 그대로 쫓겨나고 만다.

"인사권을 장군들이 가지고 있으니 자연스럽게 최고 존엄이 되는 거죠."

"최고 존엄이라……."

노형진의 말에 송정한은 쓰게 웃었다.

"어쩌다가 군이 이 지경이 된 건지……."

"당연히 군 내 사조직이 문제죠."

"뭐? 군 내 사조직? 그게 아직도 있다고?"

전혀 모르고 있었는지 깜짝 놀라는 송정한.

그 모습을 본 노형진은 살짝 생각에 잠겼다.

'그러고 보니 안면회가 아직 있겠군.'

안면회. 군 내 사조직 중 하나.

원래 군 내 사조직은 철저하게 불법이다.

하지만 장교들은 온갖 사조직을 공공연하게 구성하고 다닌다. 산악회니 미식회니 하는 가면을 쓰고 말이다.

당장 안면회도 겉으로 보면 서로 권력을 나누자는 게 아니라 그냥 안면 트고 지내자는 느낌이라고 주장한다.

그래서 안면회다.

하지만 애초에 안면 트고 지내고 싶었다면 개인적으로 만나 함께 소주잔을 기울이면 되는 거지, 몰려다닐 이유가 없다.

'하지만 아직 박멸이 안 되었겠어. 하긴, 그들이 주범이겠네.'

시기상 홍안수 일파의 쿠데타 이후에 권력을 잡은 세대일 가능성이 아주 크다.

"당연히 군 내 사조직이 있죠. 한국군은 군 내 사조직이 없었던 시간이 더 짧을 겁니다. 다만 그들이 국가 안보에 위협이 되느냐 안 되느냐의 문제였던 것뿐이죠."

"보고받지 못했네."

노형진은 그 말에 긴 한숨을 내쉬었다.

하긴, 국방부가 그놈들 천지인데 보고할 리가 없다.

국정원 역시 지금은 대혼란을 겪고 있다.

본래는 국내외를 모두 담당했지만, 전임 대통령 박기훈이 국가정보원은 해외 전담으로 돌려 버리고 국내 정보전 문제는 국가안보원을 따로 만들어 맡기기로 했고 송정한이 그에 따라 망설임 없이 단행했기 때문이다.

"국정원 입장에서는 송 대통령님께 원한이 깊으니 알려 줄리가 없죠."

"끄응, 갈 길이 태산이군. 개 같은 놈들."

대한민국과 국민이 아닌 오로지 자기네 집단에만 충성하는 놈들을 어떻게 때려잡을지, 송정한은 벌써부터 머리가 지끈거렸다.

"일단 자네가 아는 곳이라도 정리하세. 처리하다 보면 뭐라도 나오겠지."

"알겠습니다. 일단 제가 아는 거대 집단은 세 곳입니다."

"세 곳이나 된다고? 군 내부에 말인가?"

송정한은 노형진의 말에 눈이 커졌다.

"네."

"아니, 미친! 그걸 몰랐다는 게……! 박기훈 대통령은 뭘 한 거야, 끄응."

한국에서 군 내 사조직이 얼마나 위험한지 모를 리가 없는 데 방치했다니.

"똑같은 거죠. 개혁하고 싶어도 이딴 식으로 항명하니 방법이 없었던 겁니다."

"후우~ 무슨 소리인지 알겠군. 그래, 어떤 놈들인가?"

"일단 안면회. 안면 트고 지내자는 핑계로 모인 놈들입니다."

하지만 실제 목적은 권력의 찬탈 그리고 군권의 지배다.

실제로 전임 대통령 시절에 권력을 차지한 놈들이 바로 그놈들이다.

"그리고 현재 실권을 쥐고 있는 게 바로 이놈들입니다."

"뭐? 그게 가능해? 그 사실을 알고 있었다면 진즉에 놈들을 거기서 빼냈어야 할 거 아냐!"

"그러기가 힘듭니다."

노형진의 말대로 문제 되는 놈들만 사조직에서 축출하기는 힘들다.

안면회는 단순히 아는 사람 몇몇만 모인 곳이 아니기 때문이다.

"대령부터 장군까지, 사실상 육사의 중간 기수가 전부 소속되어 있다고 보시면 됩니다."

중령이나 소령이 갑자기 막 원스타 투스타가 될 수는 없는 노릇이나 언젠가는 그들이 권력을 잡을 수밖에 없는 게 현실이다.

그러니 그들은 때가 되었을 때 안면회 소속 장교들을 끌어주기만 하면 되는 거다.

"아시겠지만 박기훈 대통령은 홍안수 일파가 쿠데타를 터트린 후에 권력을 잡았습니다. 그리고 홍안수 쿠데타 세력을 박멸하기 위해서는 강력한 군 내 조직이 필요했습니다."

"그래서 알면서도 어쩔 수 없이 안면회를 썼다 이건가?"

"그렇습니다."

그리고 안면회는 그 틈을 이용해서 세력을 늘린 거다.

"토사구팽을 해야 하는 시점입니다."

"끄응, 알겠네. 다른 놈들은 누군데?"

"미미회라는 놈들입니다."

"미미회? 뭔…… 애들 미미 인형이라도 가지고 노는 놈들인가?"

"아닙니다. 아름다울 미를 두 번 씁니다."

"왜?"

"아름다운 미국美國이라는 의미죠."

미국의 정식 명칭은 아메리카합중국이지만 한국은 아름다

울 미美 자를 써서 '미국'이라 부른다.

"미국 유학파 출신들입니다. 미국을 위해 충성을 바치는 놈들이죠."

"허?"

물론 미국이 한국의 동맹인 것은 사실이다.

하지만 한국의 장교가 다른 나라에 충성을 바친다니?

"장기적으로 그놈들이 위협이 될 가능성이 적은 건 사실이지만 궁극적으로는 박멸해야 합니다."

"그렇겠지."

"마지막으로 있는 건 우리나눔회라는 곳입니다."

"우리나눔회? 자원봉사 집단인가?"

그 말에 노형진은 고개를 흔들었다.

"여성 장교 사조직입니다."

"뭐라! 아니 잠깐, 여성 장교 사조직이라고?"

"네. 심지어 그걸 국방부도 알고 있죠."

단순히 알고 있는 정도가 아니다.

국방부는 우리나눔회라는 군 내 사조직이 언론에 노출되자 그들을 보호하기 위해 필사적으로 몸부림치기까지 했다.

그랬기에 현직 대통령인 송정한조차도 몰랐던 거다.

그 시기에 엄청난 속도로 글이 삭제되었으니까.

'이번에도 당연히 보고서에서 누락되었을 테고.'

안면회도 미미회도 보고서에서 누락됐는데 우리나눔회가

들어갔을 리 없다.

"진짜로 모르시기는 할 겁니다. 사실 주류도 아닐뿐더러, 주류가 될 수도 없죠. 국방이라는 건 남자 위주로 굴러가니까요."

그건 누가 뭐라고 해도 부정할 수 없는 사실이다.

"그건 그렇지만 아무리 그래도 여성 장교 사조직이라니?"

"권력은 남녀를 가리지 않으니까요."

권력을 쥐고 싶어서 법을 어기는 건 남자나 여자나 다 똑같다.

"애초에 우리나눔회는 아주 대놓고 여자끼리 서로 밀어주고 끌어 주자고 공개적으로 말하고 다닙니다."

"그걸 국방부가 그냥 방치한다고?"

"네."

하나회가 가장 문제가 된 게 그거다. 자기들끼리 뭉쳐서 대한민국의 지휘권을 독식한 거.

그로 인해 나라가 뒤집어지고 두 번이나 쿠데타가 벌어졌는데 아무리 주류가 아닌 여성 장교들이라 해도 자기들끼리 밀어주고 끌어 주자고 말하고 다닌다는 사실에, 그리고 그걸 국방부가 알면서도 모른 척하고 도리어 그들을 보호하고 있다는 사실에 송정한은 큰 충격을 받은 얼굴이었다.

"지금 그들은 보급 계통에서 절대적 파워를 가지고 있습니다."

"보급 계통?"

"여성 장교들은 보통 전투 계통에 배치를 잘 안 하잖습니까?"

"아…… 끙. 그렇지."

그래서 여성 장교들은 행정 계통, 특히 서류 작업이 많이 필요한 보급 계통에 주로 배치된다.

"보급계가 한국 국방부 내에서 찬밥 취급받는 것도 있고요. 그래서 아예 한 라인을 자기들이 먹어 버린 거죠."

"그게 어느 정도인가?"

"100%라고 보시면 됩니다. 제 정보가 맞으면 보급계 계통의 여성 장교만 백일흔 명이 가입되어 있다고 하더군요. 그리고 보급 계통의 여성 장교는 모두 백여든 명입니다."

"끄응."

그 말에 송정한은 비참한 생각이 들어 얼굴을 가렸다.

여군이 백여든 명인데 백일흔 명이 가입했다는 건, 최근 임관한 초임 장교를 제외한 여성 장교가 다 속해 있다는 소리였다.

"사실상 한국 보급 계통은 그쪽에서 막아 버리면 다 망하는 거죠."

즉, 우리나눔회는 국가 전복 같은 위험한 짓을 할 정도는 못 되지만 자기들끼리 챙겨 먹는 비리 집단으로서의 의미가 강하다는 소리였다.

"그리고 우리나눔회는 남성 집단보다 결속력이 강하죠.

거기도 박멸이 쉽지 않을 겁니다."

"흠……."

노형진이 아는 집단 중에서 가장 큰, 그리고 현재 문제가 되는 집단은 이렇게 총 세 곳이었다.

"사실상 대한민국 국방부는 거의 사조직을 양성하는 데 방치를 넘어서 적극적으로 추천하는 수준입니다."

"추천한다고?"

"노조가 왜 생겼겠습니까?"

집단이 생기면 조직적으로 저항할 수 있고, 조직적으로 저항할 수 있으면 당연히 힘도 늘어나는 법이다.

그 말에 송정한은 긴 한숨을 내쉬었다.

그간 대통령들이 왜 수십 년간 국방 개혁을 외치면서 정작 가장 본질적인 영역은 손대지 못했는지 알아차린 것이다.

"아시겠지만 국방부에서는 분명 수통을 내려보냈죠."

하지만 여전히 일선 부대에서는 6.25도 아니고 2차대전 당시에 쓰던 수통을 쓰게 했다.

그나마도 노형진이 박기훈에게 명령 불복종으로 처벌하도록 조언하고 나서야 수통이 바뀌었다.

"군대는 그런 식으로 대통령의 명령을 무시해 왔습니다."

그 명령이 장군의 입에서 나왔다?

아마 개처럼 빌면서 당장 수통을 바꾸라고 지랄 지랄을 했을 거다.

"이이제이는 힘들겠지?"

"안 됩니다."

한쪽에 힘을 실어 줘서 기존 세력을 박멸하면 새로운 조직이 다시 항명하면서 권력을 잡으려 할 거다.

"그러면 어떻게 해야 할지 모르겠군."

솔직히 답이 없는 수준이다.

항명을 이토록 대놓고 하는 상황이라면 말이다.

"그러면 이번 항명은 어떻게 한다?"

물론 다시 한번 강하게 명령할 수는 있다.

하지만 국방부에서 그 말을 들을 리 없으니, 자연히 대통령의 무능만 더더욱 드러나게 된다.

"차라리 이걸 터트리는 게 좋습니다."

"터트리자고?"

"네. 지금은 허니문 기간이니까요."

신임 대통령 취임 직후, 정부에 절대적인 지지를 보내는 허니문 기간.

물론 지지하는 정당이 다르면 그 허니문 기간과 상관없이 미워하고 저주하지만, 최소한 중립을 지키는 사람들은 그래도 한번 믿어 보자는 태도를 취한다.

"하지만 자네가 말하지 않았나? 내가 조금이라도 틈을 보이면 자유신민당이나 민주수호당에서 이빨을 드러낼 거라고."

그들에게는 송정한을 때려잡고 개혁을 막는 게 중요하지,

허니문 같은 건 아무 의미 없으니까.

"압니다. 그러니까 외부에서 터트려야지요."

"외부에서?"

"네."

노형진은 일이 이렇게 될 거라는 걸 알고 있었다.

"이런 말이 있죠."

"어떤 거?"

"자라 보고 놀란 가슴 솥뚜껑 보고 놀란다는."

노형진은 씩 하고 웃었다.

"사람들은 여전히 홍안수의 친위 쿠데타를 기억합니다."

쿠데타 미수도 아닌 실제 쿠데타였고, 아주 간헐적이기는 하지만 수도 서울에서 총격전이 벌어지기까지 했던 일이다.

그 당시에 서울을 봉쇄해서 쿠데타군을 고사시키지 않았다면 대한민국은 독재국가가 되었을 것이다.

"그러니까 이제 솥뚜껑을 좀 보여 주면 됩니다."

그리고 노형진에게는 솥뚜껑을 보여 줄 능력이 있었다.

⚖️

얼마 후 세계적으로 충격적인 보고서가 마이스터 투자금융에서 흘러나왔다.

물론 투자회사가 기업이나 국가 관련 투자 보고서를 쓰는 거야 일상이고, 그걸 외부에 공개하는 것도 일상이다.

하지만 이번에 공개적으로 터트린 보고서의 내용은 너무 무거웠다.

-남한, 군 쿠데타 발발 가능성 60% 이상 상승. 일부 정치인들과 정권 탈취를 위한 접촉 확인.

쿠데타라는 것은 무척이나 위험하고 미친 짓이다.

더군다나 대한민국은 벌써 세 번의 쿠데타가 있었던 나라.

그런데 보고서의 말미에는 더 심각한 말이 기재되어 있었다.

-군 쿠데타 발발 시 성공 가능성 10% 미만. 대한민국 대부분의 남성은 총기를 사용할 줄 알고 전략적 능력을 가지고 있음.

현재 쿠데타를 일으킬 수 있는 지휘부가 점령한 군부대는 군수와 기갑 그리고 보병 쪽.

이 경우 쿠데타군과 민중 간 교전이 발생할 확률은 95%가 넘으며, 그 경우 대한민국은 내전 상태로 넘어갈 가능성이 99% 이상임.

대한민국은 화력 과잉 국가이며 포병이나 기갑의 무장이 주력임. 그에 반해 반쿠데타군은 보병 위주의 전력이 될 가능성이 높음.

결과적으로 군 쿠데타 세력이 초토화 전술을 사용할 확률은 60% 이상이라고 보임.

물론 누가 본다면 말도 안 되는 개소리라고 할지도 모른다.

하지만 전 세계 사람들은 대한민국이 어떤 나라인지 모른다.

한류가 흥하고 모두 한국이 문화 강국인 것은 알고 있지만 그것과 별개로 내부 사정이 어떤지, 그리고 문화가 어떤지는 모른다.

실제로 미국의 전략이 전 세계에서 계속 실패하는 이유 중 하나가 바로 해당 국가의 국민성을 이해하지 못해서다.

당연히 한국에서 쿠데타가 일어날 가능성은 없지만, 중요한 건 미국이 가능성이 있다고 착각하게 하는 것이다.

그리고 현실적으로 그건 어렵지 않았다.

그걸 증명할 수 있는 증거가 넘쳐 나는 상황이었으니까.

현재 국방부의 쿠데타설이 심각한 이유는 현 대통령의 각 군부대 감찰을 막는 상황이라는 점, 각 군부대가 현 대통령에게 항명하고 있다는 점, 현 장성급 인사들이 현 정권과 다른 당 소속의 국회의원들과 접촉하면서 그들을 포섭한다는 점, 그리고 국가정보원이 군 내부에 쿠데타 세력으로 보이는 군 내 사조직을 묵인하고 대통령 보고에 누락한 점 등이 있다.

교묘한 논리였다.

하지만 거짓말인 것도 아니다.

군대에 보낸 심사관을 막고 있는 것도 사실이고, 각 군부대가 대통령의 개혁 명령에 항명하고 있는 것도 사실이고, 항명하면서 정치적 지지를 얻기 위해 국회의원들을 개별적으로 만나는 것도 사실이고, 개혁 대상이 된 국정원이 기분 나빠서 송정한에게 제대로 보고하지 않는 것도 사실이니까.

같은 말이라도 아 다르고 어 다른 법.

이 모든 행동이 국방부 입장에서는 단순히 대통령 길들이기지만 외부에서 보기에는, 특히 미국에서 보기에는 명백한 쿠데타 시도였다.

그도 그럴 게 보고서에 언급된 거의 모든 사건들이 쿠데타가 나타나는 징후였기 때문이다.

이런 일들이 있었다고 해서 쿠데타가 100% 터지는 건 아니지만 쿠데타가 터진 나라들에서는 100% 나타났던 징후들.

그리고 그 뉴스는 인터넷에 빠르게 퍼졌다.

⚖️

쾅!

송정한은 극도로 분노했다.

"쿠데타? 지금 그러니까, 대통령이 마음에 안 드니까 군에서 무력으로 갈아 치우겠다?"

"아닙니다! 오해이십니다!"

"오해는 무슨! 전 세계가 그렇게 믿고 있는데!"

"진짜로 아닙니다!"

"아니긴 뭐가 아니에요! 이미 보고서가 들어왔어요!"

송정한은 길길이 날뛸 수밖에 없었다.

사실 연기이긴 하나, 절반쯤은 진짜였다.

자신을 얼마나 물로 봤으면 이렇게 만만하게 길들이기를 하겠나 싶었던 것이다.

송정한은 웃을 때는 웃더라도 피를 봐야 할 때는 피를 보는 사람이다.

"국정원장! 내가 지금 대한민국 군 내 사조직 정보를 CIA를 통해 얻어야 합니까!"

"그게…….."

"국정원장! 그렇게 내가 미워요? 나를 죽이고 싶을 만큼? 아니면 국방부에서 국가 전복하고 한자리 준다고 약속했습니까?"

"아…… 아닙니다, 각하! 아닙니다!"

국정원장도 진땀을 흘렸다.

그의 입장에서는 송정한이 마음에 들지 않는 게 사실이지만 그래도 송정한의 계획을 이해 못 할 정도도 아니었다.

'하지만 국정원장은 모를 거라고 했지.'

그리고 송정한은 그걸 알고 있었다.

애초에 현 국정원장은 전 정권에서 임명한 사람이고, 전 정권은 국정원을 개혁한 장본인이니까.

그럼에도 불구하고 그가 모르는 이유는, 보고서를 직접 만드는 게 국정원장이 아닌 그 아래 선이기 때문이다.

국정원장은 정보를 관리하는 전문가라기보다는 정부의 통제를 받게 하는 컨트롤 타워의 의미가 강한 데다, 정보를 다루는 국정원쯤 되는 조직에서 별로 필요 없는 정보를 중요한 정보처럼 꾸미고 반대로 중요한 정보를 별거 아닌 정보로 꾸미는 건 일도 아니니까.

그리고 국정원장은 그에 당한 거다.

"그런데 왜 군 내부에 쿠데타 세력이 있다는 걸 말 안 했어요!"

"그…… 죄송합니다."

"참모총장!"

"네! 각하!"

"지금 내가 받은 이 정보 알아요, 몰라요?"

"그게…….'"

모른다.

그럴 수밖에 없다. CIA에서 국방부를 거치지 않고 다이렉트로 대통령에게 보고서를 보냈으니까.

사실 CIA는 수십 년을 한국을 감시했기에 이게 단순 항명이라는 걸 안다.

하지만 동시에, 이대로는 대한민국의 군 개혁이 불가능하다는 것도 안다.

중국을 막아야 하는 동반자가 개판이면 자기들의 부담이 심해지니 CIA는 모른 척 쿠데타설을 퍼트리는 데 힘을 보태고 있었고, 심지어 자기네 이름으로 그럴듯하게 보고서까지 만들어 송정한에게 건넸다.

쿠데타 세력이 곳곳에 있어서 누구도 믿을 수 없기에 직접 제공한다는 말까지 해 가면서 말이다.

"왜 모르는 것 같아요?"

"잘 모르겠습니다."

"당연하지! 당신이 쿠데타 세력의 수장으로 의심받고 있으니까!"

"가…… 각하! 절대 아닙니다!"

참모총장은 그 말에 기겁했다.

물론 부하들과 손잡고 항명한 거야 사실이다. 하지만 쿠데타라니.

"그래요? 그러면 안면회, 미미회 그리고 우리나눔회라고 알아요, 몰라요?"

"……."

"모른다고는 말 못 하겠지."

안면회는 참모총장이 속한 파벌이고, 미미회는 그의 동기들 중 미국 유학을 다녀온 놈들이 속해 있는 곳이고, 우리나눔회는 재작년 언론에서 터졌을 때 그가 덮으라고 했던 곳이니까.

"이 세 곳이 쿠데타 모의 중이라던데!"

"그게 아닙니다, 각하!"

"그런데 왜 장성들이 자유신민당과 민주수호당 의원들과 은밀한 접촉을 하느냐 이 말입니다!"

"……."

사실 장성들이 정치인들과 만나는 걸 본 사람이나 증거는 없다.

하지만 매번 그런 식으로 항명을 정치적으로 이용해서 대통령에게 엿을 먹인 국방부였기에, 노형진이 이번에도 그렇게 하리라고 예상했던 것.

그랬기에 국방부에서는 아무런 말도 못 했다.

정치인들과 접촉한 건 사실이니까.

"조국을 수호하라니까 나라를 뒤집을 생각을 해?"

"아닙니다, 진짜로!"

단순한 대통령 길들이기가 이렇게까지 큰일로 비화될 줄 몰랐던 참모총장은 다급하게 변명하려고 했지만 이미 버스는 지나간 후였다.

"현 시간부로 장군들의 모든 지휘권을 정지합니다. 군 내부의 모든 이동과 훈련을 금지합니다."

"각하! 그러면 군이 멈춥니다!"

장성들이 대통령 길들이기를 할 수 있는 이유가 바로 이거였다.

장성들을 자르면 '군대가 멈춘다'.

그러니까 못 자른다.

수십 년간 그래 왔고, 실제로 그렇게 믿었다.

그러나 그들이 모르는 게 있었으니, 하나회를 자를 때도 군대에서는 그런 핑계로 저항했다는 거다.

당연히 아무런 문제도 없었고 말이다.

"그래서? 북한군이 뭐, 이번 주에 내려온답니까?"

"네?"

"북한군이 올해 안에 공격한다는 징후라도 있습니까?"

"군대는 언제나 결전 준비 태세를 유지해야 합니다."

그 말에 송정한은 비웃음을 날렸다.

그도 군 검사로 제대했기에 결전 준비 태세가 얼마나 개소리인지 알기 때문이다.

군 검사가 군대를 모른다고 무시하는 장군들도 있지만, 온갖 지역에서 온갖 비리와 온갖 무능에 대한 보고서가 올라오는데 그걸 모를 수가 있나?

시가전에 대한 개념도 없는데, 심지어 개활지나 산악지 전술도 6.25 때보다 더 떨어졌는데 결전 준비 태세?

"참모총장."

"네, 각하."

"그래서 이딴 걸 엽니까?"

송정한은 뭔가를 꺼내서 내밀었다.

그걸 본 참모총장은 창피함에 얼굴이 붉어졌다.

"그러니까 결전 준비 태세를 위해 참모총장배 군 합창 대회, 군단장배 태권도 대회, 사단장배 독후감 대회, 여단장배 사생 대회……."

"……"

"더 읽어 줄까요? 병사들을 대상으로 한 정치적 올바름에 대한 이해 강의, 아동 학대 방지 교육, 음주 운전 방지 교육? 장난해요?"

군대는 정치적 발언을 해서는 안 된다.

개인적으로 자기들끼리 떠드는 거야 뭐라고 할 수 없겠지만 그걸 교육하거나 강요해서는 안 된다.

그런데 정치적 올바름이라니.

그리고 아동 학대 방지도 문제다.

애초에 몇몇 예외를 제외하고는 애가 있는 부모는 군대에 올 나이가 아니다.

물론 보통은 제대한 뒤에 결혼하고 아이를 가지겠지만 족히 5년은 걸릴 테고, 그때까지도 교육 내용을 기억하고 있을 인간은 없다.

음주 운전은 더 터무니없다.

애초에 병사들이 운전할 일이 어디에 있고 술을 접할 기회가 어디에 있단 말인가?

"이딴 걸 하면서 지금 결전 준비 태세를 논합니까? 이게 어떻게 전투력 확립으로 연결됩니까?"

"그, 정신력 재고 강화를 위한……."

"참모총장, 내가 바보로 보여요?"

"네? 각하, 아닙니다."

"내가 군 검사로 제대했다니까 군대가 어떻게 굴러가는지도 모르는 것 같습니까?"

그런 걸 한다고 해서 정신력 강화 같은 게 되지는 않는다.

군가가 무슨 게임에 나오는 버프도 아니고, 우승했다고 해서 갑자기 사기가 충천하는 그런 건 없다.

"병사야 그냥 휴가나 받으려고 하는 거고 장교야 그런 데서 이겨서 인사고과나 잘 받으려고 하는 거 아닙니까!"

"그게……."

"나는 이딴 건 재롱 잔치라고 봅니다만?"

장군님들 앞에서 재롱 좀 떨어 주면 장군님은 껄껄껄 웃으며 공짜 포상 휴가 좀 나눠 주며 우월함을 느끼고.

"태권도 대회는 그래도……."

"아, 그렇죠. 그런데 이거 품세 대회 아닙니까?"

실전 겨루기도 아니고 실전 겨루기를 위한 장비도 없다. 그냥 품세 겨루기일 뿐이다.

당연히 품세 겨루기는 격투술에 전혀 영향이 없거니와, 체력 훈련도 거의 안 된다.

"그래도 군 장병들은 태권도를……."

이것이 삶이다

"여기 누가 우승자가 될 것 같습니까?"

"네, 각하?"

"뻔한 거 아닙니까?"

각 부대에 있는 태권도학과 출신, 또는 태권도 관련 선수 출신들이 상이라는 상은 다 쓸어 갈 거다.

"일반 병사들은 관심이 있는 대상도 아니고, 언제나처럼 잡초 제거나 하거나 공구리나 치겠죠. 안 그래요?"

변명할 때마다 반박당하다 보니 참모총장은 할 말이 없었다. 자기가 봐도 그게 사실이니까.

실제 전투력 상승을 노리는 게 아니라 그런 걸 통해 내가 이렇게 부대 전투력을 높이고 있다고 쇼하는 것.

그게 그런 행동의 원인이니까.

하지만 그건 개인의 전투력이지 부대의 전투력이 아니다.

그리고 장군들은 그걸 구분하지 못할 정도로 지휘 능력이 떨어진 거다.

"그래도 그 독후감 대회 같은 건 병사들의 사기 증진과 미래를 위한 준비입니다."

"아, 그렇죠, 독후감 대회. 그런데 우승자 스펙은 봤습니까?"

"네?"

"안 봤겠죠."

그냥 보고서가 올라오면 확인하고 도장을 찍어 주면 상장과 함께 휴가증이 자동 발송된다.

고작 독후감 대회에 시상식 같은 걸 하지는 않는다.

"이 독후감 대회 우승자가 한 달에 책을 몇 권이나 읽었는지 압니까?"

"저도 잘……."

"열여덟 권입니다, 열여덟 권. 무협지 읽고 독후감 썼습니까?"

송정한은 가차 없이 말했다.

"군대에서 병사에게 부여되는 시간이 얼마인지나 아세요? 한 달이면 무협지도 열여덟 권을 못 읽어요!"

아침 9시부터 저녁 6시까지 꽉 찬 훈련 시간. 그리고 10시 취침. 그런데 저녁 6시부터 7시까지는 저녁 시간이다.

가서 편하게 먹는 것도 아니고, 소대별로 움직이니 책 읽을 틈 따위는 없다.

그 후에 7시부터 9시까지 자유 시간이라지만 군대에서는 절대로 그 시간에 놀게 해 주지 않는다.

총기 관리나 청소를 하라고 한다.

그리고 9시부터 점호 준비, 9시 30분부터 점호 시작.

"하루에 병사에게 부여되는 자유 시간은 길어 봐야 두 시간뿐입니다."

그마저도 그날 사관이 넉넉하고 자유로운 분위기를 보장해 주는 사람이어야 가능한 거지, 병사 알기를 개떡으로 아는 놈들은 아예 온갖 작업과 지시를 내리면서 자유 시간 자체를 주지 않으려고 한다.

"연등이라도 하면서…… 그…….."

"여덟 시간 취침이 규칙 아닙니까? 근무로 두 시간 빠지고 여섯 시간 자는데 거기서 또 두 시간 연등해서 네 시간만 재운다는 소리네요?"

"그…….."

"한 가지는 확실하게 알겠네요, 장군들이 날 아주 등신으로 안다는 거."

상식적으로 군대에서 업무를 다 하면서 한 달에 열여덟 권의 책을 읽는 건 불가능하다.

내용을 이해하고 독후감까지 쓸 정도로 꼼꼼하게 읽는 건 더더욱 불가능하다.

"그러면 방법은 하나, 아니 둘이군요."

첫째, 평일 근무시간에 책을 읽을 수 있도록 특혜를 줬다.

둘째, 인터넷에서 독후감 관련 자료를 내려받았다.

"아, 다른 방법도 있기는 하군요."

소위 꿀보직이라는, 할 거 별로 없는 극소수의 병사들만이 혜택을 본다.

"아까 뭐라고 했죠? 군대에서 미래를 준비해요?"

"……."

"군대가 언제부터 병사들의 미래를 위해 학업 시간을 보전해 주는 조직이었습니까?"

군대는 전투를 위한 조직이다.

전쟁과 죽음을 준비해야 하는 조직.

그런 조직에서 학업 시간을 보장해 준다?

"그러면 군대에서 훈련 시간을 빼는 수밖에 없지 않습니까!"

"……."

"그리고 그 행정 업무, 하위 장교들이 다 하잖아요! 윗사단이 박살 난 거 메꾸느라고 나라가 뒤집어진 지 1년도 채 안 되었어요!"

그 말에 장군들은 아무런 말도 못 했다.

실제로 자기들이 봐도 그냥 재롱 잔치였지, 전투 훈련하고는 아무런 상관 없는 일들이었으니까.

"하지만 너무 가혹한 훈련은……."

"누가 종갑석 장군처럼 체력 훈련만 시키래요?"

종갑석은 전 장군이었다.

병사들을 학대하면서 훈련이라는 이름으로 괴롭히고 인격 말살을 하다가 결국 횡문근 융해증으로 사망에까지 이르게 한 인물이었다.

그렇게 병사들을 괴롭혀서 자랑스럽게 장군까지 달았지만 노형진이 문제 삼으면서 결국 나락으로 떨어지고 말았다.

"재롱 잔치만 할 줄 알면 뭐 합니까!"

유개호도 팔 줄 몰라, 크레모아 설치도 할 줄 몰라, 지뢰 설치도 할 줄 몰라.

말 그대로 쇼를 위한 훈련만 한 군대였다.

"그래서 실전 훈련을 하라고 했더니만 쿠데타 운운해요?"

"쿠데타……는 아닙니다. 저희는 억울합니다."

"그건 조사하면 다 나올 겁니다. 그러니까 모든 장군들은 보직 해임 상태로 대기하세요."

아무리 무죄라 할지라도 쿠데타 이야기가 나온 이상 기존 부대에 두는 것은 위험한 일이다.

그리고 다시 한번 날벼락이 떨어졌다.

"그리고 이번 조사는 아레스 밀리터리 그룹에서 할 겁니다."

"각하! 그들은 외부인입니다!"

"그렇죠. 그런데 국방부도, 헌병대도 그리고 기무사도 안 면회 아니면 미미회에 속한 놈들 천지지요. 안 그렇습니까?"

"그……."

당연한 거다.

군 내부에서 가장 권력이 강한 자리를 군 내 사조직이 과 연 그냥 두고 보았겠는가?

"어차피 그들은 외부인이니 붙어먹을 이유도 없고."

단호하게 말하는 송정한.

그 말에 참모총장은 고개를 숙였다.

직감적으로 자신들이 좆 되었다는 걸 느낀 거다.

대통령을 길들이려다가 역으로 자신들이 길들여지게 생겼 기에, 아니 모가지가 날아가게 생겼기에 그는 할 말이 없었다.

수사 그리고 여론전

"자네 말대로 했네. 저항이 만만치 않아."

"그날 엄청 내질렀다고 하던데요?"

"이렇게 죽나 저렇게 죽나, 죽는 건 매한가지라는 거겠지."

대통령실에는 별도의 내부 첩보가 많이 들어온다.

장군들을 보직 해임하면서 군대가 순간 대부분 멈춘 것처럼 보이기는 할 것이다.

"하지만 별로 바뀐 건 없죠?"

"그렇기는 하더군. 도리어 제대로 된 군대로 움직이고 있는 모양이야. 온갖 쓸데없는 잡무가 사라진 덕에."

"그럴 겁니다. 장군들에게 해야 하는 재롱 잔치가 군 업무의 절반은 될 테니까, 그것만 사라져도 부담이 덜하죠."

장군이 없으면 군대가 멈춘다고 생각했지만 실제로 그런 상황은 없었다.

군은 1년 훈련 코스를 다 짜 둔 상태고 그에 따라 움직일 뿐이다.

그러니 장군들을 보직 해임했어도 그저 그 과정에서 장군에게 보고하는 절차가 사라졌을 뿐이다.

"감사와 관련된 부분은 저희 아레스에서 처리하고 있으니 문제없고요."

"개판이더군."

훈련은 개판 그 자체였다.

각 군에는 지난번 테스트 과정에 대한 평가가 모두 내려졌다.

즉, 체계적으로 훈련하라고 오더가 떨어진 거다.

하지만 그걸 실전에 적용하는 사례는 10%도 되지 않았다.

"교리가 바뀌는 상황이니 방법이 없죠. 서류만 내려보내 봐야 애초에 실전적 훈련이 뭔지조차도 모를 테니까요."

이건 단순히 서류를 내린다고 해서 바뀔 게 아니다.

장교들부터 새로 교육해야 하는 상황이다.

"그나저나 자네 계획은 무척이나 좀…… 파멸적이라고 해야 하나? 극단적이더군."

"어쩔 수가 없습니다. 아시겠지만 군대에서 전투력의 평균은 중요한 요소입니다."

A부대는 충분히 막을 수 있는데 B부대는 막을 수 없는 극

단적 전투력 차이를 가지고 있다면 제대로 된 전략 전술을 짤 수 없다.

평균적인 전투 능력을 게임처럼 수치화할 수 있는 것도 아니니까.

그렇기에 지휘관은 자기 부대를 최강으로 하려고 노력해야 하지만, 반대로 사령부는 부대의 평균적인 능력을 계산해야 한다며 만든 계획.

그건 그간 누구도 생각하지 못한 계획이었다.

"아무리 그래도 그렇지, 훈련에서 지휘관을 바꾸자는 건 뭔 소리인지 모르겠더군."

노형진이 제시한 새로운 훈련법, 그건 다름 아닌 부대의 교체였다.

정확하게는 A부대와 B부대가 전투 훈련을 할 경우, 불시에 그리고 랜덤으로 각각의 부대장을 바꾸어 훈련시키자는 것.

"이러면 전투력이 떨어질 텐데?"

"그렇죠. 그러니 전쟁터에서도 이런 방법을 쓰라고는 하지 않습니다."

자기 부대의 특성과 특징은 지휘관들이 누구보다 가장 잘 알 테니 전쟁 직전에 이런 짓을 하면 부대의 전투력이 떨어지는 게 당연하다.

"그런데?"

"말씀드렸잖습니까? 전쟁에서 장교의, 특히 하위 장교의 사망률이 얼마나 높은지. 부대의 지휘관을 바꾸는 훈련은 그걸 위한 겁니다. 전투력의 평균에는 단순히 그 부대만이 아니라 장교의 능력도 중요합니다. 부대를 빠르게 장악할수록 그 부대의 전투력 유지에 도움이 될 겁니다. 그리고 맨날 보던 병력을 지휘하는 것보다는 비상시 대응하는 걸 보면 그 지휘관의 능력도 더욱 객관적으로 판단할 수 있지요."

예를 들어 1개 부대가 평균 전투 능력이 높다면 그게 대대장의 능력인지 아니면 휘하 참모 중 한 명의 능력인지 알 수가 없다.

그러나 이런 식으로 지휘부를 한번 교체해 보면 누가 일을 잘하는지 티가 날 수밖에 없다.

"아아~."

아무리 지휘관을 바꾸기 싫어도 결국 전쟁터에서는 바꿀 수밖에 없다.

소대장, 중대장이 죽어 나자빠졌는데, 최악의 경우 대대장이 나자빠졌는데 새로 들어간 장교가 부대를 언제 장악하고 언제 통제하길 세월아 네월아 기다리겠는가?

"이 문제는 생각보다 심각합니다. 그걸 할 줄을 몰라요. 실전적 훈련은 병사만의 이야기가 아닙니다. 그런데 우리나라 장교들은 말로만 실전적 훈련이니 완전 준비 태세니 하면서 장군들에게 재롱이나 떨거나 휘하 병사들을 괴롭힐 줄이나 알지, 정작 자기 능력 개발에는 관심이 없더군요."

"그건 그렇군."

장교들이 신입 소위로 가면 병사들에게 역으로 길들이기를 당하는 이유가 뭔가? 바로 부대를 장악하는 법을 모르기 때문이다.

"육사든 3사든 ROTC든, 교육 내용은 비슷합니다."

너는 장교니까 지휘를 해야 한다.

그런데 그 이면에는 '장교는 병사보다 우월하니까 병사들이 알아서 기어 다닐 거다.'라는 황당한 생각이 기본적으로 깔려 있다.

"지금은 그게 먹히지 않죠. 한국은 선진국입니다. 그런데 장교의 마인드는 6.25 이후에 전혀 바뀌지 않았죠. 병사들이 죄다 강제로 끌려온 건 사실이지만 과거처럼 일자무식도, 중졸도 간신히 하던 시대도 아니잖습니까?"

군 내부에서도 자조적으로 얼마나 무능하면 군에 남아 있느냐는 소리가 나올 정도로 군이 개판이 된 상황.

병사는 인서울에 좋은 대학을 다니다가 오는 놈들이 넘쳐 나는데, 장교는 지방대 ROTC도 미달 사태로 인해 인원 부족으로 허덕거리는 상황이다.

물론 장교에게 요구하는 것과 병사에게 요구하는 게 다르기에 당연히 제대로 배운 장교가 군대를 지휘하는 게 맞다.

병사는 병사일 뿐이고, 그들이 아는 건 장교가 아는 것과 비교하면 새 발의 피도 안 되니까.

"문제는 장악을 못한다는 거죠."

소위가 왔는데 나보다 학벌도 낮아, 나이도 어려.

그러면 질이 낮은 병장들은 '소대장을 제치고 우리가 부대를 먹자.'라고 생각하고 실제로 장교 길들이기를 실행한다.

그리고 그런 놈들이 부대를 먹으면 부대는 와해되기 시작한다.

그놈들은 지휘가 아니라 지배를 하려고 하고, 온갖 똥군기가 판을 치며 장교가 피해자를 보호하지도 못하는 상황이 되어 버리니까.

"장악력이 떨어지는 장교 입장에서는 개판 되는 거죠."

오죽하면 그러한 길들이기에 장교가 자살하는 사건이 다 있겠는가?

그런데 장교를 교육하는 기관에서는 장교에게 필요한 다른 건 다 가르쳐 주면서 병사들을 컨트롤하고 부대를 장악하는 방법만은 가르쳐 주지 않는다.

"리더십의 부재라 이건가?"

"맞습니다. 장기적으로 장교가 되기 위한 과정에 부대 장악에 대한 커리큘럼도 만들어서 넣어야 할 겁니다. 실전에서는 장교 교체가 엄청나게 자주 일어나니까요."

물론 육사 같은 곳 출신들은 성적이 좋을지 모른다. 하지만 리더십을 배울 기회는 없다.

웃긴 건, 리더십이라는 게 평가 항목에는 있다는 거다.

"상황이 웃긴 거죠."

리더십을 배운 적이 없는데 평가 항목에는 포함되어 있다?

그렇다 보니 타고난 일부 장교를 제외하고는 그게 뭔지도 모른 채, 소위 말하는 고문관 장교로 자대에 배치되어 개판 나는 거다.

더군다나 그 평가의 기준은 부대 지휘관으로서 하급자를 통제하는 걸 보는 게 아니다.

보통은 그러한 장교 훈련도 군대와 마찬가지로 소대장 훈련병이니 중대장 훈련병이니 하는 대표를 뽑아서 통제하는데, 상식적으로 거의 절대다수를 차지하는 일반 훈련병은 그런 리더십을 보여 주거나 배울 기회도 없고 설사 소대장이니 중대장이니 하는 대표급 훈련병을 뽑아도 보통은 그에게 협조적이다.

왜냐하면 어차피 동기고, 군 생활 하면서 서로 오래 볼 가능성이 높은 데다가 나중에 장군 자리라도 노릴라치면 서로 끈끈하게 끌어 주고 당겨 줘야 할 테니까.

일반 장교 훈련병 입장에서도 소대나 중대의 점수가 개판이면 자기 점수도 개판이 되니 협조를 하지 않을 수가 없다.

그에 반해 병사들은? 당연히 제대로 협조가 이루어지기 쉽지 않다.

왜냐, 동기들은 서로 끈끈하게 연결된 선이 있는 이권 집단에 가깝지만 병사들은 이권 집단도 아닐뿐더러 실전이 터지면 돌격 명령 하나에 자기 목숨을 걸고 뛰어야 하는 사람들이니까.

애초에 입장이 다른데 동기들과 친하게 지내는 게 리더십이 될 수는 없다.

"그나마 평시에는 그걸 통제하는 게 쉽죠. 하지만 전쟁터에서는 무슨 일이 벌어지겠습니까?"

"프래깅 말이군."

"베트남전 당시에 얼마나 많은 장교들이 프래깅으로 죽었는지 알 수조차 없죠. 그들의 공통점은 병사들을 지휘하는 게 아니라 지배하려 한 것이라고 하더군요."

수색하러 갔다가 뒤통수에 총 맞아서 죽은 장교들이 얼마나 많은지, 그리고 화장실 안에 수류탄이 터져서 얼마나 많은 장교가 죽었는지.

미군은 프래깅으로 골머리를 앓을 수밖에 없었다.

"그렇게 된 이유 중에는 2차대전 이후로 문화가 바뀐 탓도 있습니다만."

"문화가 바뀌었다고?"

"네. 그 이전의 군대는 책임의 영역이었거든요."

노블레스 오블리주.

전쟁이 터졌는데 나라를 지키려 총을 들고 나서지 않는 자들은 상류층으로서의 자격이 없다는 인식이 분명 1차, 2차 세계대전까지는 있었다.

왜냐하면 그 시기에는 전 세계에 귀족 제도가 남아 있었고, 그런 귀족 문화와 귀족 집안에서의 리더십 교육이 이루어지던 시절이었으니까.

"하지만 베트남전은 다르죠."

자본주의화가 이루어지고 귀족들이 책임을 회피하기 시작했으며, 전쟁터에서 장교의 사망률이 급증해 질이 떨어지는 장교가 빠르게 탄생되어 빠르게 투입되었다.

제대로 된 훈련이나 리더십 교육보다는 지휘권 확립이 우선시되니까.

"전쟁터에서의 1년과 세상에서의 1년은 다릅니다."

전쟁터에서 1년 내내 구르면서 죽을 고비를 수십 번이나 넘기며 생존한 병사에게, 1년 남짓 훈련받고 날아온 소위가 지휘관이라는 이유로 현지 상황이 어떤지도 모르면서 막무가내로 지휘권을 행사하려 든다?

그것도 누가 봐도 뒈질 것 같은 상황에 부당하게 밀어 넣으면서?

실제로 악질적인 장교들은 자기 마음에 안 드는 고참 병사를 고의적으로 죽이겠다고 정찰에 보내거나 위험한 임무에 무조건 투입하는 놈들이 있었다.

그런 상황에서 프래깅이 안 터질까?

"질이 떨어지는 장교, 제대로 되지 않은 리더십 교육, 그리고 경험이 많은 병사 등등."

"딱 한국군이군."

전쟁 중이 아니니 프래깅이 터지지 않는 거지, 전쟁판이라면 안 터지면 그게 이상한 수준.

"그리고 부대를 바꾸면 그 부대를 장악해야 제대로 된 훈련이든 뭐든 튀어나옵니다. 본질이 보이는 거죠."

중대장이 상병신 중에 진짜 상병신이라고 해도 진짜로 리더십 있고 경험 많은 병장이 중대를 컨트롤해서 부대 성적이 좋은 경우도 있고, 반대로 중대 왕고가 완전 개병신인데 소대장이 그놈 빼고 중심을 딱 잡아서 소대가 무너지지 않는 경우도 있다.

"하지만 부대를 바꾸면 본질이 드러나죠."

손발을 맞추던 부하가 없는 상황에서 장교는 자신의 본질 능력인 전략을 이용할 수밖에 없고, 익숙하지 않은 상황에서 부대는 자기들끼리 호흡을 맞춰 가면서 결국 소대장을 보좌할 수밖에 없다.

"부대 장악력, 리더십 그리고 부대 내의 단결력 등등 많은 게 보일 겁니다."

당장 러시아-우크라이나 전쟁에서도 이게 엄청나게 문제가 되고 있는 상황이다.

"흠……."

물론 1년 내내 그럴 수는 없다.

하지만 단 한 번만 그런 훈련을 해도, 결국 밑바닥까지 드러날 수밖에 없는 법.

"그래야 장교들도 지배가 아닌 지휘를 할 줄 알게 되고 병사들도 전쟁놀이가 아닌 전투를 할 줄 알게 될 겁니다."

소대장과 부소대장이 죽었을 때 과연 진짜 그 역할을 이어서 할 수 있는 사람이 누가 될까?

교리상으로는 분대장이 그 역할을 하겠지만, 분대장이 진짜로 그런 훈련을 해 봤겠는가?

"진짜 실전 훈련이라 이거군."

"맞습니다."

단순히 훈련장에서 소대장 사후 처리 커리큘럼을 진행하는 것이 아니라 그 후에 신입 소대장이 어떻게 부대를 장악할지, 그리고 그가 올 때까지 부대를 누가 어떻게 유지할지에 대한 훈련을 하는 것.

"머리가 아프군."

"한국군이 너무 개판이었던 겁니다."

전 세계에서 러시아-우크라이나 전쟁을 보며 교리를 수정하고 새로운 시스템을 도입하기 위해 몸부림치는데, 한국군만 눈 가리고 귀 막고 악악거리고 있으니 제대로 굴러가는 게 있을 리가 있나.

"그거야 그렇다 치고. 심사야 자네들이 맡는다지만 저들의 저항을 어떻게 분쇄해야 할지 모르겠군."

아무리 대통령이라 해도 장성들을 몽땅 보직 해임시키는 건 심각한 문제다.

"그나마 다행인 건 정치인들이 눈치만 보고 있다는 거야."

"당연하죠."

노형진이 보고서에 괜히 일부 정치인들과 밀접한 접촉을 했다고 쓴 게 아니다.

"여기서 정치인들이 저기들의 정치적 이득을 이유로 국방부 개혁을 막겠다고 설레발치기 시작하면 쿠데타 세력이 되는 거니까요."

더군다나 국회의원들도 국방 개혁이 필요하다는 건 안다.

다만 그간은 정치적 이득이 있기에 모른 척하고 장성들을 편들어 준 것뿐이다.

그러나 정치적 이득은커녕 반역자로 찍힐 상황에서도 과연 도와줄까?

그러니 그들은 송정한을 공격하지도, 국방부를 편들어 주지도 못하고 있다.

"그러니까 빠르게 실적을 내보여야지요."

"어떻게 말인가?"

"가장 먼저 노려야 하는 대상은 우리나눔회입니다."

"우리나눔회? 안면회나 미미회가 아니고?"

"네. 그놈들은 워낙 덩치가 큽니다. 실적을 눈앞에 들이밀기에는 시간이 오래 걸릴 겁니다."

덩치만 큰 게 아니라 사방에 발을 뻗어 놨다.

그렇다 보니 박멸하기 위해서는 수사 과정이 복잡해져 시간이 오래 걸릴 수밖에 없다.

"국민들은 그에 대한 인내심이 없습니다."

국민들 입장에서는 이 불안한 상황이 마음에 안 들 수밖에 없다.

"그런 분들을 설득하기 위해서는 우리가 올바르게 수사하며 제대로 된 방향으로 가고 있다는 걸 확실하게 보여 줘야 합니다. 가장 좋은 방법이 뭐겠습니까?"

"우리나눔회군."

그들은 보급 계통을 꽉 쥐고 사조직을 운영하고 있다.

"돈을 안 빼돌릴 리가 없죠."

주류가 아니라 저항하는 힘이 약한 것도 아니다.

"국민들에게 가장 잘 보이는 게 뭐겠습니까?"

"돈이군."

국민들, 특히 남자들은 군사 비리라고 하면 치를 떤다.

"아시겠지만 이제 군납 비리 방식도 많이 바뀌었습니다."

이제는 병사들이 잘 아는 방식으로는 군납 비리가 거의 이루어지지 않는다.

대한민국 군인회라는 고발 단체가 생겼고, 제대한 병사들이 고발하면 포상금을 지급하면서 군납 비리와 관련해 병사가 엮여 버리면 걸릴 가능성이 높아져 버렸기 때문이다.

"그래서 유통 단계에서 장난을 치죠."

기존의 군납 비리가 썩어 가다 못해 고름이 줄줄 흐르는 고기를 받아서 납품하는 거였다면, 지금은 질이 낮은 고기를 질이 높은 것으로 속여서 납품하는 것으로 바뀌었다.

원래 1등급이어야 하는 고기는 2등급을, 양념 조리용은 3등급을 준다거나 하는 식으로 말이다.

그리고 보급을 하다 보면 그런 것들에는 너무나 당연하게 비리를 저지르게 된다.

"우리나눔회가 그걸 컨트롤할 수 있다 이거군."

"맞습니다."

애초에 보급 계통의 여성 장교가 백여든 명인데 그중 백일흔 명이 가입된 조직이다. 그런데 통제를 못할 리가 없다.

"심지어 정보에 따르면 아예 훈련소 단계에서부터 가입을 추천한다더군요."

여성 훈련소 교관이 공공연하게 우리나눔회 가입을 좋게 말하면 추천, 나쁘게 말하면 강제하고, 거부할 시 조직 내에서 찍어 내기가 이루어진다는 게 노형진이 받은 정보였다.

"그러니 수사할 경우 가장 빨리 실적을 거둘 수 있을 겁니다."

"하지만 그걸 어떻게 증명할지 모르겠군."

이미 헌병대와 군검찰 그리고 기무사는 믿을 수가 없는 상황이다.

"그거야 아빠들이 잘하겠죠."

노형진은 싱긋 웃었다.

"아하!"

아빠들은 군에 다녀왔고, 현업에 종사하는 사람들이니 고기의 품질이나 관리 상태를 누구보다 잘 알 거다.

"그리고 이참에 여성부도 끼워 넣어 주세요."

"여성부? 거기는 왜?"

"국방부에서 왜 여성 군 내 사조직인 우리나눔회를 피로실드를 치겠습니까?"

군 내부에서 여성의 비중이 높은 것도 아니고 메인도 아니다. 그런데 어째서 국방부에서는 현행법을 위반하면서까지 실드를 칠까?

"설마 여성계랑 일종의 거래가 있을 수 있다는 건가?"

"그럴 가능성이 높죠. 설마 그게 아니라 해도 알아서 긴다는 거죠."

"그렇군."

"아시겠지만 여성부도 없애셔야 합니다. 공약이 그거였고요."

"그렇지."

"그러니 적당한 핑계를 만들어 놔야 합니다."

"그게 우리나눔회라고?"

"우리가 그들을 건드리면 여성부는 분명 그걸 문제 삼아 거품을 물 겁니다. 그리고 그 후에 그들의 부패가 드러나면 여성부도 결국 쿠데타 세력과 같은 놈들이 되는 거죠."

"흠."

"그리고 다른 것도 있습니다."

"다른 거?"

"우리나눔회는 아무리 좋게 표현해도 절대 군 내부에서 주류는 아닙니다."

주류도 아닌 자들이 엄청나게 뇌물을 받아 처먹고 승진을 독식하기 위해서는 그에 상응하는 뭔가를 해야 한다.

"그렇게 횡령한 돈을 나누는 건 당연한 거고, 다른 것을 제공할 수도 있죠."

"다른 것?"

"여자가 제공할 수 있는 가장 강력한 무기가 뭐겠습니까?"

그 말에 송정한은 눈을 찡그렸다.

하지만 또 그걸 부정할 수는 없었다.

승진을 위해 자신을 제공하는 여자들이 얼마나 많은지 사람들은 모를 거다.

여자들이 남자보다 승진욕이나 권력욕이 약한 건 사실이지만 반대로 그걸 가진 사람들은 어지간한 남자들은 비교도 못 할 정도의 욕망을 가지고 있는 편이며, 그걸 차지하기 위해 온갖 부도덕한 짓거리도 감수한다.

고작 고등학생 딸을 아역 자리 차지하게 하겠다고 손잡고 호텔 방으로 밀어 넣는 부모도 있을 정도니까.

"직장 내 내연녀라는 건 뭐, 딱히 비밀도 아니지 않습니까?"

"그건 그렇지."

직장 내에서 친한 여성을 오피스 와이프라고 한다.

업무적으로 친밀한 존재이기는 하지만 동시에 아슬아슬한 위치이기도 하다.

그런 오피스 와이프가 불륜으로 넘어가는 경우가 어디 한 두 번이어야지.

"하물며 상대방이 승진 권한까지 쥐고 있다면야 뭐, 뻔하죠."

장교들의 성추행으로 여성 장교나 하사관이 매년 한두 명씩 자살하는 군대이지만, 반대로 어떻게든 자리를 차지하려고 불륜을 자초하는 여자가 없을 리 없다.

"개판이군, 개판이야."

"한국군이 개판 된 거야 뭐 하루 이틀 일도 아니고요."

노형진은 어깨를 으쓱했다.

"일단은 보여 주는 게 있으면 그다음부터 국민들도 개혁에 반대하지 않을 겁니다."

반대는커녕 개혁을 적극 지지하면서 송정한을 잘 뽑았다고 할 거다.

"그리고 국방부나 장군들 분위기를 보면, 그들이 이 상황에서 우리나눔회를 지키려 할 리도 없고요."

그들을 지키지 못하면 결국 본인도 지키지 못하겠지만, 애석하게도 그런 정치적 판단을 할 놈들은 이미 목이 날아가다시피 한 상황.

그런 상황에서 그들이 노형진을 막을 수는 없었다.

군수사령부. 대한민국의 군수 쪽 보급을 담당하는 곳이다.

그런데 그곳의 분위기가 뒤숭숭하기 그지없었다.

장군들이 갑자기 전원 보직 해임 상태가 되어 버리더니만 갑자기 새로운 감사를 한다고 외부 인원이 들어왔기 때문이다.

사실 전이라면 문제 될 게 없었다.

돈도 좀 쥐여 주고 장군님들에게 전화 몇 통 넣어 달라고 하면 별문제 없이 수습되곤 했으니까.

하지만 이제는 그게 불가능하다.

정작 장군들이 자기가 살기 위해 몸부림치고 눈치를 살피는 상황이었으니까.

하다못해 감사하는 사람들이 최소한 헌병대, 아니 기무사령부 사람들이었다면 무슨 방법이 있을지도 몰랐다.

그러나 현실은 그렇지 않았다.

"그러니까 이게 얼마라고요?"

"킬로그램당 8,500원입니다."

냉동실에 켜켜이 쌓여 있는 돼지고기들을 보며 소령에게 물어보는 남자.

답을 들은 노형진은 고기를 보면서 물었다.

"어떻게 생각하세요?"

"누가 팔았어요?"

"그거, 돈육축산업조합에서 직거래한 겁니다."

담당 직원은 아주 당당하게 말했다.

어차피 도축된 돼지고기이니 알아보지 못할 거라 생각하면서.

하지만 노형진은 군 감사를 하면서 어설프게 서류만으로 판단할 생각이 없었다.

어차피 서류는 다 준비해 놨을 테니까.

그래서 더 현실적인 방법을 가져왔다.

"어떻게 생각하세요?"

"이거, 누가 봐도 칠레산인데요?"

노형진의 옆에서 고기를 뒤적거리던 남자가 시큰둥하게 말했다.

"칠레산요?"

"네. 이거 칠레산 맞구만요, 뭐."

"아니, 그거 조합에서 직접 공수한 국산 돼지고기입니다!"

"내가 고기만 30년을 거래했어, 이 사람아. 고기가 어느 나라 건지도 모를까."

남자, 고기 도소매업자는 시큰둥하게 말했다.

그 말에 그 고기를 담당하는 여자 소령은 심장이 미친 듯이 뛰기 시작했다.

사실 그녀는 이 고기가 어디 건지 모른다.

아니, 알고 싶지도 않았다.

중요한 건 자신이 돈을 받았다는 거고, 그걸 이미 해 처먹었다는 거다.

납품되는 고기 따위 알 게 뭔가, 어차피 자기가 먹는 것도 아닌데.

설사 자기가 먹는다 해도, 밖에서도 다들 수입 고기를 뻔질나게 사 먹는데 뭐가 문제인가 싶었다.

물론 군대에서 쓰는 식량은 국산 농산물을 쓰도록 법적으로 정해져 있다.

그렇기에 원칙적으로 여기에 칠레산이 있어서는 안 된다.

"뭔가 잘못 아신 것 같은데요. 이건 국산이에요."

"아니, 칠레산 맞아."

"어떻게 알아요! 어차피 죽어서 도축되고 해체된 고기를!"

저도 모르게 악을 쓰던 여자 소령은 아차 하면서 입을 막았다.

하지만 이미 주변에서 그 말을 들은 상황.

노형진 역시 그걸 들은 듯 눈을 찡그렸다.

그러나 바로 따지지는 않았다.

지금 여기서 따져 봐야 의미가 없으니까.

중요한 건 따지는 게 아니라 책임을 묻는 것이었다.

"어떻게 확신하시는 겁니까? 진짜로 해체되어 있는데요."

"일단 한국이랑 미묘하게 도축 방법도 다르고요."

도축된 돼지고기인 건 맞지만 한국과는 그 절단 방법이 다르다는 것.

"두 번째로, 이 부위 보이죠?"

"네."

"한국산이면 여기에 도장이 찍혀 있어야 하거든요."

물론 식용색소를 이용한 도장이고 당연히 먹어도 문제없지만, 그래도 보통 조리할 때 잘라 내기는 한다.

"중요한 건 그거죠. 도장을 찍은 흔적이 있어야 한다는 것."

정해진 위치에 정해진 도장을 찍으면 그걸 지울 방법은 없다. 찍자마자 바로 지우면 모를까, 찍히는 순간 돼지 껍데기 안쪽으로 천천히 스며들기 때문이다.

그렇기에 도장을 찍은 흔적을 지우는 방법은 그 부위를 잘라 내는 것, 아니면 문신 지우는 장비로 하나하나 잉크 색소를 파괴하는 것뿐이다.

"설마 돼지한테 문신 제거 시술을 해 준 건 아닐 거 아니오?"

"그건 그렇죠."

그 말을 들은 노형진은 고개를 돌려 창백한 얼굴로 이쪽을 바라보고 있는 여자 소령을 바라보았다.

"그래서, 하실 말씀 있습니까?"

"그건 국산 맞아요!"

"그래요? 그러면 방법은 하나뿐이군요."

사람들은 잘 모르지만 한국은 유전자 검사로 이런 고기류의 원산지를 맞힌다.

뭔 유전자 검사로 원산지까지 맞힐 수 있느냐고 할 수도 있지만, 실제로 한국에서 키우는 돼지와 다른 나라에서 키우는 돼지는 미묘하게 다르다.

"일단은 시료를 채취하세요."

"그건 군사기밀이에요!"

여자 소령의 발작과도 같은 말에 순간 모두의 시선이 그녀에게 쏠렸다. 그러고는 입가에 자연스럽게 비웃음을 떠올렸다.

"그러니까 여기에 있는 돼지고기의 유전자가 군사기밀이라는 말씀이죠?"

"그, 그게……."

여자 소령은 아차 하는 얼굴이 되었다.

여기에 온 사람들은 다 보안 허가를 받은 이들이고 애초에 돼지의 유전자가 군사기밀일 이유는 없다.

"소령님께 무슨 권한이 있으셔서 군사기밀을 지정하십니까?"

"그게……."

"만약 소령님의 말이 사실이라면, 이게 군사기밀이라는 결정서나 내부 문서를 좀 보여 주실 수 있습니까?"

그 말에 여자 소령은 눈치를 보다가 후다닥 밖으로 튀어나갔다.

"지랄 났네, 아주."

분명 어딘든 전화해서, 아니 아마도 그 우리나눔회 상부에 전화해서 도움받을 수 있는 방법을 찾으려고 할 거다.

결과적으로는 뻘짓이겠지만 말이다.

"용케도 군 내부를 감사하게 하셨네요."

"군은 단 한 번도 제대로 감사받은 적이 없죠. 헌법적으로는 문민 통제라지만 사실 군 내부에서는 문민 통제를 싫어합니다. 특히 장군이 되면 문민 통제를 싫어할 수밖에 없죠."

"아니, 왜요?"

고기를 조사하던 남자들은 고개를 갸웃했다.

"간단한 거죠. 장군들은 스스로 자기들이 우월하다고 생각합니다."

"그런데요?"

"그런데 생각해 보세요. 병사들은 전역하고 나가면 민간인입니다."

"아하!"

한때 노예로 부렸던 인간이 자신보다 위에 있다는 사실을 인정하기 싫은 거다.

"전역한 병장에게는 삼성 장군도 그저 동네 아저씨일 뿐이죠."

그나마 일반적인 병사들은 엮일 일이 없다.

그런데 대통령이 되면? 국회의원이 되면?

노예가 갑자기 상전이 되는 거다.

"그게 기분 나쁘다고요?"

"물론 공공연하게 말은 하지 않죠. 하지만 그걸 은근히 싫어하는 장군들이 엄청나게 많습니다."

도리어 민간인들은 자리가 바뀌면 신분이 바뀐다는 걸 잘 알고 있고 그걸 받아들이는 편이다.

　내 후임이라 해도 자기보다 승진이 빠르면 상관이 되니까.

　하지만 그걸 이해하는 것과 받아들이는 건 또 다른 문제다.

　사회에서도 그런데, 노예처럼 개같이 굴리던 병사들이 자기들을 무시하게 되는 상황을 과연 장군들이 이해할까?

　"그러면 쿠데타도 감사를 했어야 하는 거 아닌가요?"

　"그게 문제입니다."

　홍안수가 쿠데타를 일으켜 나라가 뒤집어진 뒤에 대통령이 된 박기훈은 빠른 시일 내에 군을 장악해야 했다.

　그런 상황에서 가장 좋은 방법은 바로 이미 군 내 있는 사조직을 포섭하는 것이었다.

　당연히 박기훈은 그 방법을 선택했다.

　물론 불법인 건 알고 있었지만, 대통령으로서는 군을 빠른 시일 내에 장악하지 않으면 다시 쿠데타가 터지거나 전 세계의 투자가 빠지는 현상을 감당해야 했기에 달리 선택지가 없었다.

　"그렇잖아도 퇴임한 박기훈 대통령을 찾아갔습니다. 가서 물으니까 안면회와 손잡았다고 순순히 인정하시더군요. 그 상황에서는 그게 최선이었다고 하면서."

　"그 당시에 군 내부가 개판이기는 했을 테니까 그럴 만도 하죠."

"박기훈 대통령이 결국 부패 세력과 타협을 했던 게 결국 이 꼴로 돌아온 거죠. 애석한 일입니다."

"그런데 이건 토사구팽 아닌가요?"

"토사구팽도 토사구팽 나름이죠. 나를 위해 노력한 상대를 잡아먹는 건 나쁜 일이지만, 그 사냥개들은 먹을 게 없으면 주인도 잡아먹을 놈들이니까요."

박기훈은 자신이 빠른 시간 내에 군을 장악하기 위해 안면회와 손잡았노라고 인정했다.

그리고 안면회가 요구한 건 장악을 도와주는 대가로 군의 감사를 막는 것이었다.

"구 일본군도 항복하면서 단 하나의 조건을 넣었다고 하죠."

바로 일왕을 전범에서 빼는 것.

"그들도 마찬가지죠."

그 당시에 좀 오래 걸리더라도 박살 냈다면 문제가 되지 않았을 것이다.

하지만 안면회는 이대로 자신들이 통째로 집어삼키면 군 관련 모든 이권을 자신들이 독점할 수 있다고 생각했기에, 대통령을 압박해서 감사하지 못하게 막았던 것.

박기훈으로서는 빠른 시일 내에 군을 장악하기 위해 어쩔 수 없는 선택이었던 거다.

'본의 아니게 똥을 다음 정권에 넘긴 거지만.'

어쩔 수가 없었다.

그건 노형진이 박기훈을 욕할 일이 아니다.

쿠데타가 발생한 이상 군을 빠르게 정리하지 않으면 해외 투자가 완전히 빠질 테니까.

다만 이후에 토사구팽을 했어야 했는데 박기훈이 해내지 못한 것뿐이다.

토사구팽을 욕하는 사람이 많지만 때로는 그걸 해야만 하는 경우도 있다.

"하지만 이제는 이야기가 달라졌죠."

감사를 외주로 주는 황당한 계획.

그건 기존의 국방부에서는 생각도 못 한 일이었고, 그랬기에 막을 방법도 없었다.

국방 개혁을 한다고 해서 무기도 공급도 다 외주를 주는 건 아니다. 적재적소에 적절한 인원을 투입하면 개혁은 자동으로 이루어진다.

"그런데 그렇게 쉽게 물러날까요?"

"그럴 리가 없죠."

리베이트가 문제가 아니다.

개혁이 이루어지면 과거의 범죄가 드러나기 마련이며, 자연히 군대라는 특성상 군형법에 따라 군 형무소로 가야 한다.

물론 전이라면 물고 빨고 군 형무소에서 충성을 다 바치겠지만 이제는 그럴 수 없다는 걸 알 테니 어떻게든 범죄를 감추고 싶어 할 거다.

"어떻게든 저항하려 할 겁니다."

"설마 진짜로……."

'쿠데타를 일으킬까?'라는 생각이 들었는지 남자는 말하다 말고 그대로 표정이 굳었다.

생략된 말을 알아챈 노형진이 고개를 흔들었다.

"물론 그런 생각을 할지도 모르죠. 하지만 과연 쉬울까요?"

노형진은 피식 웃었다.

"그걸 막기 위한 계획까지 이미 다 짜 둔 상황입니다."

"그렇습니까?"

"네. 뭐, 발악 한번 해 보라고 하죠."

노형진이 어깨를 으쓱하는 그때, 한 남자가 다가왔다.

"저기, 여기 확인 좀 해 주셔야겠는데요?"

"네? 왜요?"

"깐 양파가 국산으로 기록되어 있는데 아무리 봐도 중국산 같아서요."

"역시나 그렇군요."

딱히 이상한 일도 아니기에 노형진은 피식하고 웃었다.

"가 보죠, 얼마나 해 처먹었는지."

⚖️

"이러다 다 죽어요!"

자수동은 입술이 바짝바짝 말랐다.

언제나처럼 항명으로 조질 수 있을 거라 생각했다.

선배들의 말로는 장군들이 항명하는 경우 대통령들은 알아서 설설 긴다고 했다.

실제로 한국은 두 번이나 군에 의해 쿠데타가 있던 나라였고 세 번째는 대통령의 친위 쿠데타이기까지 했기에, 대통령들이 국방부와 장군들의 눈치를 엄청나게 보는 편이었다.

진짜 통제에서 벗어나서 다시 한번 쿠데타가 벌어질까 두려웠기 때문이다.

그랬기에 항명은 언제나 성공했다.

그저 국민들이 몰랐던 것뿐이고, 대통령도 그게 국민들에게는 알려지지 않기를 원했다.

그랬는데 송정한은 달랐다.

"분위기가 좋지 않습니다."

사실 그냥 항명이라면 문제가 없었을 거다.

하지만 마이스터에서 먼저 한국에서의 쿠데타 가능성에 대한 보고서를 터트린 게 문제였다.

그게 없었다면 언론에 적당히 뇌물 좀 주고 특혜를 주면 알아서 '군권도 통제 못하는 대통령'이라고 신나게 씹어 줬을 텐데, 이미 쿠데타라는 전제가 깔려 버리는 바람에 언론에서 터트려 봐야 국민들은 '쿠데타를 전제로 대통령에게 저항하는구나.'라고 해석할 뿐이다.

이것이 한이다

"마이스터에 항의해 봤습니까?"

"받아들여지지 않았습니다."

"받아들여지지 않았다고요?"

자수동의 말에 참모총장은 눈을 찡그렸다.

"뭔 소리예요? 왜 안 받아들여요?"

"보고서는 자체적인 결론을 낸 것뿐이고, 사실이 아닌 게 어디 있냐면서……."

"크윽."

그 말이 사실이다.

쿠데타 가능성에 대해 언급했고 그 근거도 상당히 명확한 만큼, 무조건 이쪽에서 아니라는 말은 못 한다.

보고서가 나오면 그로 인해 불리해지는 사람들은 당연히 항의하니까.

"가장 큰 문제는, 우리는 국방부라는 겁니다."

"그게 왜요?"

"국제적 문제인 만큼 정부를 통해 이야기하라더군요."

"하!"

국방부는 외교적인 업무를 할 권한도 없고 그럴 능력도 되지 않는다.

이 문제를 항의할 수 있는 건 국방부가 아닌 대한민국 정부인데, 이 문제는 외교나 산업의 영역이니 외교부나 산업통상자원부 등을 통해 항의해야 한다.

국방부가 그런 소리를 하는 것은 누가 봐도 월권이고, 그 자체가 그들이 정부를 무시하고 나라를 뒤집으려 한다는 또 다른 증거가 될 뿐이다.

"그러면 우리는 이렇게 당하고만 있어야 한다는 겁니까?"

"정부에서는 뭐랍니까?"

답이 없자 장군들은 참모총장을 바라보았다.

그리고 돌아온 대답에 충격을 받았다.

"말은 안 하지만, 사실 뻔하죠."

"뭔데요?"

"옷 벗고 나가라는 거죠."

"아니, 우리가 나라에 한 위국 헌신이 얼마나 많은데!"

물론 그런 장군들이 없는 건 아니다.

하지만 검은 커넥션에서 그런 장교들은 오래 버틸 수가 없었다.

실제로 군의 현대화를 추구했던 수많은 장군들은 위에서 행한 찍어 내기에 모가지가 날아갔으며, 그런 환경에서도 승진한 경우는 얼마나 많은 뇌물을 쓰고 얼마나 인맥 관리를 잘했느냐가 핵심이었다.

그나마도 육사 출신이 아니라면 아예 기회 자체도 주지 않는다.

"지금 대통령은 육사의 힘을 빼고 다른 곳에 기회를 주고 싶어 하는 분위기입니다."

"아니, 그 개돼지들에게요? 국제적 전략이고 뭐고 모르는 3사나 ROTC 애들을 쓴다고요?"

"그러고 싶은 것 같더군요. 애초에 공격 대상은 우리 육사 출신이고."

"씨팔. 그러니까 그딴 놈을 대통령으로 만들어서는 안 되는 거였습니다. 이러다 나라가 빨갱이한테 다 넘어가게 생겼어요!"

장군들은 눈이 돌아가서 방방 뛰었다.

하지만 어쩌겠는가? 이미 정치적인 이미지는 송정한이 선점한 상황.

"이렇게 된 이상 우리가 선택할 방법은 하나뿐입니다."

"뭔데요?"

"쿠데타를 각오한 모습을 보여 줘야지요."

"설마…… 진짜로?"

그 말에 다들 찔끔했다.

아무리 권력이 좋아도 쿠데타는 힘들다.

아니, 불가능하다.

당장 홍안수 때만 해도 원래 참가하려 했던 장군들은 엄청나게 많았다.

하지만 홍안수를 따르던 장군들이 쿠데타를 일으키려 하자 하위 장교들이 그들을 두들겨 패 끌어내리고 압송하기까지 했다.

그랬기에 서울만 점거하고 저항도 못 하고 투항한 것 아닌가?

심지어 나중에야 알려진 사실이지만 그 당시 서울을 점령한 부대원들은 자기들이 쿠데타 세력이 아니라 반대로 쿠데타 세력으로부터 수도 서울을 수호하고 있다고 믿고 있었다.

"그게 될 리가 없지 않습니까?"

이제 와서 쿠데타를 일으킨다?

하위 장교들이 미친 듯이 반발할 거다.

아니, 하위 장교들은 반발만 할 뿐이지만 병사들은 아마 직접 무장하고 몰려와서 끌어내리고 구타할 거다.

실제로 있었던 일이고 현대의 세태가 그렇다.

당장 러시아와 우크라이나 전쟁에서 러시아가 제대로 된 전쟁을 하지 못하는 이유 중 하나가 바로 병사들의 사명감 부족이라는 조사 결과도 있다.

과거처럼 '나아가 조국을 위해 죽어라.'라는 게 안 된다는 거다.

저항 못 하고 끌려 나갈지언정 이게 조국을 지키기 위한 전쟁인지 아니면 침략 전쟁인지 정도는 구분한다는 것.

러시아도 그런데, 하물며 전 세계에서 가장 학벌이 높은 군대인 대한민국 군대가?

그것도 핸드폰까지 가지고 있는 상황에서 통제가 될 리가 없다.

"일단 압박 수단으로라도 써야지 어쩌겠습니까?"

참모총장은 떨떠름하게 말했다.

"이대로 죽을 수는 없으니까요."

"그러면 어떻게 할까요?"

"가장 먼저 해야 하는 건 병사들에게서 핸드폰을 빼앗는 겁니다."

외부에서 얻는 정보를 최소화해야 자기들 말대로 움직일 테니까.

물론 그게 쉬운 건 아니겠지만 말이다.

"그리고 하위 장교들을 잘 컨트롤하세요. 외부에 나가지 못하게 통제하고요."

"그건 누가 봐도 쿠데타 같아 보입니다만?"

"그러니까 그러라는 겁니다."

'최악의 경우 뒤집겠다.'

일종의 블러핑이다.

불가능하지만, 그게 가능한 것처럼 행동하겠다는.

"우리는 군인입니다. 그 정도 전략 전술도 못 쓰면 말도 안 되죠."

"하긴."

그 말에 다들 고개를 끄덕거렸다.

"겁을 주면 언제나처럼 정부는 꼬리를 말 겁니다."

그들은 그렇게 확신했다.

하지만 그들은 몰랐다, 세상에 전략 전술을 쓰는 사람이
오직 군인만은 아니라는 사실을.

블러핑 따위

"군 내부가 통제를 시작했답니다."

"노형진 자문 위원 말대로 굴러가는군요."

송정한은 심각한 얼굴로 말했다.

핸드폰 압수, 외출 및 외박 금지 그리고 내부 단속.

그 모든 게 심각한 분위기였다.

"그들로서는 선택지가 없겠지."

"각하, 차라리 그만두는 선에서 끝내시는 게 어떨까요? 그렇게 하면 군이 싸우려고는 하지 않을 겁니다."

"맞습니다, 각하. 이대로 계속 싸우면 나라가 망합니다."

여러 참모진은 송정한의 마음을 돌리기 위해 최선을 다하고 있었다.

그러나 송정한은 강경했다.

"아실 텐데요, 지금 저들이 원하는 게 바로 그거라는 걸."

장군으로 퇴직하면 막대한 돈이 연금으로 나온다.

그리고 그간 해 처먹은 것도 있고 자기들이 불명예제대를 한 것도 아니니 군 내부에서의 영향력이 사라지지도 않는다.

당연히 나가서도 군납으로 막대한 재산을 불릴 수 있다.

그러니 장군들에게 '더 이상 터치하지 않을 테니 그냥 조용히 나가라.'라고 하면 다들 그 의견을 따를 거다.

하지만 지금 송정한은 그게 아니라, 제대로 한 사람은 승진시키고 범죄를 저지른 놈은 감옥에 보내겠다는 거다.

전자보다는 후자가 더 많을 테고 후자의 장군들은 모든 걸 잃어버릴 테니 어떻게든 발악할 수밖에 없는 법.

"지금도 국방부에 하나회의 그림자가 드리워져 있어요! 그 꼴을 보고도 그냥 조용히 나가라는 말이 나오겠습니까!"

"……."

"지금 죄다 편하게 갈 생각만 하는 모양인데, 편하게 갈 거라면 애초에 자리를 받아들이지도 말라고 했습니까, 안 했습니까?"

"하지만 각하, 군대가……."

"군대가 아니라 군대 할아비가 와도 뒤집을 건 뒤집을 겁니다. 아니, 하나회라니? 언제 적 하나회예요? 그런데 그 하나회가 아직도 군에 영향력을 행사한다는 게 말이 됩니까!"

송정한은 국정원을 조져서 그들이 감추던 보고서를 받아 들고는 충격을 받았다.

노형진이 안면회와 미미회 그리고 우리나눔회같이 큰 곳을 여러 개 언급하기는 했지만 그 외에도 사조직이 수백 개가 넘었던 것이다.

물론 대부분은 그저 친목 단체이고 국가 전복을 할 능력은 없지만, 사조직을 만들지 말라는 법을 지키는 고위 장교가 없다시피 한 수준이었다.

심지어 하나회가 아직도 군 내부에 영향력을 미치고 있었다.

하나회는 군 쿠데타의 주역이었고 두 번의 쿠데타를 통해 나라를 지배했던 세력이다.

민주 정권이 들어서면서 기습적으로 그들을 모조리 잘라 버리고 벌써 수십 년이 지났기에 완전히 사라진 줄 알았다.

그런데 국정원의 보고에 따르면 여전히 하나회는 존재한다.

물론 조직으로서 존재하는 건 아니다.

하지만 군납 등 군 내에 끼치는 영향력이 여전하며 또한 엄청나다는 것을 알게 되었다.

사단장이 하나회 소속 할아버지를 둔 소위의 눈치를 보면서 그를 위해 온갖 특혜를 퍼 줄 정도로 말이다.

연좌제가 사라진 시점이니 당연히 할아버지가 하나회 소속이었다는 이유로 장교를 못 하게 하는 건 불법이다.

하지만 수십 년 전 하나회의 영향력이 살아 있어서 그에게 사단장이 특혜를 주는 것 역시 불법이다.

그 소위에게 한 소리 했다는 이유로 사단장이 대대장을 불러서 쪼인트를 깔 정도라면 영향력이 상상 이상으로 대단하다는 거다.

"다들 정치하니까 이게 단순히 특혜 정도의 문제가 아니라는 걸 잘 알 텐데요?"

"……."

이제 막 군 생활을 시작한 소위를 사단장이 금이야 옥이야 감싸 안아 주면 당연히 그는 고속으로 승진할 테고, 그렇게 승진하면 권력을 잡을 테고, 그렇게 자신의 세력을 만들면서 또 하나의 사조직, 또 하나의 하나회가 만들어질 거다.

"그리고 그게 얼마나 문제인지 다들 아실 텐데요?"

하나회니 안면회니 미미회니 하면서 구분해서 나누고 있지만 그들이 아예 별개도 아니다.

그들의 공통점.

그들은 '육사 출신'이라는 거다.

육사 출신으로 하나회를 안면회가 밀고 안면회를 미미회가 받쳐 주는 형태.

"설마 이들이 무슨 정당처럼 무슨 당 무슨 당 딱 구분해서 활동할 거라고 생각하는 건 아니죠?"

"아…… 아닙니다."

서로 밀접한 관계를 가지고 서로 밀어주고 당겨 주고 하는 거다.

군 내 사조직은 대부분 소속이 다른 게 아니라 소위 말하는 연공서열이 다른 거다.

예를 들어 육사 몇 기부터 몇 기는 하나회, 그 아래 몇 기는 안면회 같은 식으로 말이다.

그렇다 보니 서로 견제하고 싸우는 게 아니라 서로 밀어주고 끌어 주는 형태인 경우가 많다.

"그걸 몰라서 방치하겠다는 건 아니겠죠?"

"아닙니다."

할 말이 없어진 참모들은 입을 다물었다.

송정한의 말대로 여기서 그들이 물러나게 해도 그 영향력은 사라지지 않았으니 그들이 군납 비리를 계속하거나 군 내부에 영향력을 행사하는 걸 막을 수가 없기 때문이다.

하나회 중 일부는 교도소까지 보냈는데도 수십 년이 지난 지금까지도 영향력이 살아 있는데, 멀쩡하게 내보내면 그걸 막을 방법 자체가 없다.

"그러니 우리는 계획대로 해야 합니다. 국방부 장관."

"네, 각하."

"내가 가져오라는 거 확인해 봤어요?"

"네, 각하."

국방부 장관은 떨떠름한 얼굴로 서류를 제출한 뒤 복사본을 다른 참모들에게도 제공했다.

그런 그의 얼굴에는 창피함이 가득했다.

그도 그럴 게, 자신도 모르고 있었던 일이니까.

그리고 그걸 몰랐다는 건 그의 큰 실수였다.

아직 차기 국방부 장관이 결정되지 않았으니 이걸 챙긴 건 그 자신이었어야 했다.

그런데 완전히 방치한 결과가 이거였다.

자기 나름 열심히 했는데 마지막에 똥칠한 거니 기분이 좋을 리가 없었다.

"역시나."

송정한은 보고서를 보면서 혀를 끌끌 찼다.

"인사권은 장군들에게 있죠?"

"그렇습니다, 각하."

"국방부에서 이건 신경 쓰지 않았고요?"

"그렇습니다, 각하."

이 보고서는 다름 아닌 홍안수 쿠데타 당시에 쿠데타에 참가하지 않은, 정확하게는 쿠데타 시도를 제압한 하위 장교에 대한 내용이었다.

홍안수의 친위 쿠데타에 참가하려고 한 부대는 여럿이 있었지만 대부분이 실제로 가담하지는 못했다.

하위 장교들이나 중간급 장교들이 반기를 들었기 때문이다.

그리고 쿠데타가 정리된 후에 어떤 일이 벌어졌을까.

"내가 이럴 줄 알았습니다."

송정한은 혀를 끌끌 찼다.

그 당시 쿠데타를 막았던 부사관이나 소위나 중위 같은 하급 장교, 또는 나서서 사단장을 제압했던 소령이나 중령.

그들 모두 좌천 또는 해임, 최악의 경우 해직까지 온갖 불이익을 당했으니까.

"어떻게 아신 겁니까?"

"내가 새론에서 염전 노예 사건을 해결한 거 아시죠?"

"아, 그 이야기는 들었습니다."

"그 사건을 처음 발견하고 해결하고 구출한 경찰이 어떻게 되었을 것 같습니까?"

"설마?"

"네, 좌천되었습니다."

사람들은 잘 모른다, 언론에서 뇌물을 받고 쉬쉬했으니까.

"좌천요?"

"네."

기존 세력에 저항했다.

올바른 걸 추구했다.

그건 한국에서 좌천 대상이다.

실제로 그런 좌천은 흔하게 벌어지는 편이다.

"하물며 장군에게 반기를 든 이들을 과연 같은 장군들이 보호하고 지켜 줄까요?"

그럴 리가 없다.

쿠데타 세력에 저항했다는 것은 중요하지 않다.

장군에게 저항했다, 그 자체가 고위직 장성의 범죄를 터트릴 가능성을 의미하는 것이기에 장군으로서 그를 데려갈 수가 없었던 것.

"으음……."

"그들은 이렇게 말할 겁니다. 배신자는 믿는 거 아니다, 배신자는 쓰는 거 아니다."

정작 배신한 건 그들이지만 감히 앞을 막은 게 마음에 들지 않는 것이다.

"하사부터 대령까지 쿠데타를 막았다는 이유로 불이익을 당했는데 여태까지 그걸 몰랐다니."

국방부 장관은 쓰게 웃었다.

나라를 구한 사람들이니까, 당연히 그에 걸맞은 대우를 받았을 거라 생각했다.

그런데 역으로 불이익을 당했다니.

"이런 꼴을 보고도 적당히 물러나라는 말이 나옵니까?"

"……."

참모들은 아무런 말도 못 했다. 송정한의 말이 맞으니까.

대놓고 쿠데타를 일으킨 세력도 이렇게 내부에서 은밀하게 비호했는데, 조용히 옷 벗고 나가게 한다고 해서 문제가 해결될 리가 없다.

"이 사실을 언론에 터트리고 피해자들을 모아 주세요."

"어쩌시려고요?"

"구국의 영웅입니다. 이제라도 제대로 대우해 줘야지요."

"알겠습니다."

국방부 장관은 고개를 끄덕거릴 수밖에 없었다.

⚖️

사람들은 시간이 지나면 많은 걸 잊어버린다.

하지만 그렇다고 해서 아예 기억도 못 하는 건 아니다.

작은 자극만으로도 과거의 사건을 다시 떠올린다.

하물며 수도 서울이 친위 쿠데타 세력에 점령당했던 사건을 누가 잊어버리겠는가?

당연히 청와대의 발표는 충격적이었다.

　대한민국 쿠데타를 막았던 지휘관들, 좌천당한 것으로 드러나

　자대의 쿠데타에 반발했던 장교들은 불이익을 받고 좌천당하고, 군 내 사조직인 안면회와 미미회 멤버들만 공적을 독식한 것으로 드러나

　쿠데타를 제압한 장교들, 90% 이상 예편당해

　군 내 사조직, 이제는 가만둘 수가 없다

이렇게 폭로가 시작되자 피해를 입은 사람들이 우르르 튀

어나왔다.

　　우리 여단장이 쿠데타 세력이었습니다.

　　저를 비롯해서 위관급 장교들이 쿠데타에 반기를 들어서 영관급과 여단장을 제압했는데 지금은 대부분 잘렸습니다.

　　저도 육사 출신인데 복무 부적격 심사에서 걸려서 잘렸습니다.

　　심지어 반기를 드는 데 핵심 인사였던 저희 선배님께서는 뇌물죄를 뒤집어쓰고 현재 군 형무소에 계십니다. 하늘에 맹세코 그분은 뇌물을 받을 분이 아닙니다. 이건 보복당한 겁니다.

　　쿠데타를 막았던 장교들에 대한 처벌과 보복이 알려지자 국민들은 충격을 받았다.

　　설마 그런 일이 벌어졌을 줄은 몰랐으니까.

　　"어떻게 안 건가?"

　　송정한은 노형진에게 물었다.

　　염전 노예 사건 역시 송정한이 생각한 건 사실이지만 처음에 이럴 수도 있으니 알아보라고 경고해 준 건 다름 아닌 노형진이었기 때문이다.

　　"그들은 힘이 있으니까요."

　　"힘?"

　　"그들은 쿠데타가 나쁘다는 걸 압니다."

　　그래서 미래를 걸고 그걸 막았다.

그리고 그 후에, 어찌 되었건 단시간이라도 정부의 칭찬을 받았다.

"하지만 그들이 충성하는 대상은 장군이 아니라 대한민국 정부와 국민이죠."

"일부 장군들에게는 불편하다 이거군."

"맞습니다. 그들에게 있어서 하위 장교는 병사와 마찬가지로 노예여야 하거든요."

하지만 노예가 생각할 줄 알게 된다는 것, 그건 노예주들이 가장 싫어하는 상황이다.

"거기다가 그들이 모이면 또 하나의 세력이 됩니다."

"그런가?"

"가장 큰 문제는 그 세력이 육사 쪽 라인이 아니라는 거죠."

육사가 한국 장군진의 핵심이기는 하지만 그 숫자가 많은 건 아니다.

실제로 당시에 쿠데타를 제압한 수많은 하사관들과 하위 지휘관들은 육사보다는 ROTC나 3사관학교 출신이었다.

"권력 조직은 자신들의 권력을 나누어 가질 다른 집단의 등장을 꺼릴 수밖에 없습니다."

"그들이 그런 조직이 될 수 있다 생각했다는 건가?"

"맞습니다."

통제에 따르기는커녕 도리어 자기네를 조질 수도 있는 조직.

당연하게도 부패한 일부 장군들은 찍어 내야 한다는 생각을 했을 거고, 실행으로 옮겼다.

"아니, 당한 사람들은 왜 외부에 알리지 않은 거지?"

"그들은 군대에 말뚝 박은 게 아니니까요."

ROTC나 3사 출신 중에 군대에서 장군까지 바라고 오는 사람들은 많지 않다.

대부분 그저 군대를 장교로 다녀오고 싶은 정도이지, 진짜 군대에 뼈를 묻어야 한다고 생각하는 사람은 거의 없다.

"거기다 군대가 개판인 건 대통령님도 아시지 않습니까?"

"하긴, 그건 그렇지."

장기 붙은 장교들조차도 그만두고 나가기 위해 노형진에게 소송을 부탁할 정도로 현재 군 내부의 상황은 열악하고 개판이다.

"그런데 장기를 신청하겠습니까? 대부분 그냥 둬도 예편했을 겁니다."

언론에서는 마치 90% 이상이 억울하게 예편당한 것처럼 말하고 있고 대부분의 사람들은 그렇게 믿고 있다.

"솔직히 말해서 예편당한 사람보다 스스로 나간 사람이 더 많을 겁니다."

"어째서 말인가?"

"애초에 목적이 달라졌잖습니까?"

쿠데타에 가담했던 사람들은 몰라서 했다고 해도, 쿠데타 가담 전력 때문에 창피하고 군에는 미래가 없으니 예편했을 거다.

그렇다면 쿠데타를 방어하고 그걸 예방한 사람들은 어떨까?

"그들이라고 뭐 다르겠습니까?"

군대에 가는 수많은 사람들 중에 '나는 조국에 헌신하겠어.'라는 생각을 가진 장교가 얼마나 되겠는가?

그나마 육사 출신들은 그럴지 몰라도 3사나 ROTC 출신은 '기왕 갈 거 손해라도 덜 보자.'라는 개념으로 군에 갔을 거다.

"그런데 아군끼리 총부리를 들이대고, 적기는 하지만 실제 총격전까지 발생했죠. 그러면 회의감이 안 들겠습니까?"

"아! 그 부분을 생각 못 했군."

그냥 대충 시간만 때우고 병사들만 컨트롤하면 될 거라 생각하며 군에 왔던 사람들은 실전을 겪고 마음이 바뀌었을 테고, 설사 군과 조국에 충성을 바치러 왔던 사람이라도 '군이라는 게 이권을 위해 쿠데타를 일으키다니.'라는 생각에 그만뒀을 거다.

"그 당시에 관련된 사람들은 평소보다 훨씬 많이 예편했을 수밖에 없습니다."

위협 같은 게 없다고 해도 말이다.

위험하고 가치도 없는데 월급까지 짠 직장을 누가 좋아하겠는가?

"그렇겠군. 그러면 남은 사람은 극소수겠군."

"네. 인터넷에 있는 사람처럼요."

육사 출신으로 조국에 헌신했던 사람, 또는 육사가 아니더라도 군에 자리를 잡고 충성하고 싶은 사람들.

진성 충성파만이 남았을 것이다.

"그 숫자는 뻔하죠."

그 숫자가 많을 리가 없다. 많아 봐야 수십 명 정도?

"그 정도 숫자들을 장군들이 제압하는 건 일도 아니죠."

더군다나 군대의 최고 존엄인 장군도 아닌 국민과 국가에 충성을 바치는 놈들?

해 처먹어야 하는 장군들 입장에서는 껄끄러울 수밖에 없다.

"그러면 그걸 언론에서는 왜 말하지 않았지?"

"할 이유가 있나요? 아니라고 할 사람도 없는데."

"하긴, 그것도 그렇군."

누군가가 그 당시에 예편한 사람을 붙잡고 '왜 나왔습니까?'라고 물어본다 한들 '군대에서 실전 겪어 보니까 겁나서 도망쳤습니다.'라고 답할 리 없다.

대부분 '장성급이 저희를 쫓아내려고 했습니다.' 아니면 '군대 쿠데타를 보고 혐오감에 나왔습니다.'라고 할 거다.

"아, 그러니까 쫓아낸 사람은 많지 않지만 반대로 쫓겨난 사람은 엄청 많겠군!"

"맞습니다."

그렇다면 그 모습이 국민들에게는 어떻게 보일까?

당연히 쿠데타 세력이 여전히 군 내부에 남아 있으며 그들이 강력한 힘을 발휘하고 있는 것처럼 보일 거다.

"그러니까 송정한 대통령님께서는 그걸 잘 이용하시면 됩니다."

나간 사람, 아니 쫓겨난 사람들을 다독거리며 그들을 만나고 다니면, 그걸 방치하거나 소수의 충성파를 쫓아낸 장군들은 한순간 쿠데타 잔존 세력이 되는 거다.

"허허허."

송정한은 어이가 없어서 웃음만 나왔다.

국방부와 싸우기 위해서는 여론의 힘이 절대적으로 필요하다.

그걸 어떻게 당겨 올 것인지에 대해 참모들과 많이 이야기했지만 별 뾰족한 방법이 없다고만 했다.

그런데 단순히 예편한 장교들에게 관심을 가지는 순간 그게 자동으로 이루어진다니.

"이참에 훈장도 좀 주시면서 저쪽을 잘 조져 놔야 합니다."

"그래야겠어."

송정한은 고개를 끄덕거렸다.

"아, 그리고 제가 부탁드린 건 어떻게, 이야기해 보셨습니까?"

"그렇잖아도 이야기 중일세. 국회의원들이야 거절할 인간들이 아니니 걱정하지 말게."

송정한은 자신 있게 말했다.

"손을 내밀 때는 내밀어야 정치인 아니겠나, 하하하."

국방부를 점점 조이고 있다는 사실에, 송정한의 입가에 저절로 즐거운 웃음이 흘러넘쳤다.

-오늘 송정한 대통령께서는 군 장교의 누명 사건에 관해 엄중 조사를 명령했습니다. 대통령께서는 군 교도소에 직접 방문해서 피해자와의 면담을 직접 하셨으며…….

송정한은 국방부를 조지기 위해 적극적으로 행동하기 시작했다.

그리고 누명을 뒤집어쓰고 감옥에 간 장교를 만나서 진실을 들었다.

엄중 수사를 지시하기는 했지만 사실 애초에 그럴 필요조차 없었다.

그 장교에게 죄를 뒤집어씌운 장군이, 그 장교가 반역 혐의로 직접 체포한 전 상관의 사돈이었으니까.

사돈을 체포한 장교에게 복수한 거고, 그걸 알면서도 휘하에 배치해 준 게 국방부였다.

이미 인터넷에 소문이 파다해서 국방부는 필사적으로 우연이라고 주장하고 있지만, 문제는 그 우연이 백 단위 이상으로 발생했다는 거다.

복수를 원하는 사람에게 꼭 그에 맞는 사람이 배치되었던 것.

그 때문에 군검찰도 군 법원도, 찍소리 못 하고 눈치만 보고 있었다.

그리고 그런 살벌한 분위기가 조성된 것은 국방부만이 아니었다.

"어떻게 생각하십니까?"

민주수호당과 우리국민당 그리고 자유신민당의 당직자들이 모여서 회의 중이었다.

송정한이 대통령이 된 이상 이제 그는 우리국민당을 마음대로 할 수 없어 세 정당 모두에 협조를 요청해야 했기에 셋다 모일 수밖에 없었다.

"사실상 답은 정해진 거 아닙니까?"

자유신민당의 당직자는 떨떠름하게 말했다.

"우리가 아무리 비대위 체재라 해도 이걸 거부할 만큼 간땡이가 부은 건 아닙니다."

선거에서 이긴 건 우리국민당이고, 당연하고도 자연스럽게 민주수호당과 자유신민당은 비대위로 넘어갔다.

물론 아무리 비대위라 해도 그들에게 있어서 송정한은 어떻게 보면 철천지원수이기 때문에 보통은 협조하지 않는다.

'보통은' 말이다.

"하지만 이건 협조를 하지 않을 수가 없는 문제군요."

"그렇지요."

자유신민당 비대위원장의 말에 민주수호당 비대위원장 역시 마찬가지로 고개를 끄덕거렸다.

"우리가 해야 하는 일인 것도 사실이고요."

송정한이 부탁한 건 다음 아닌 각 국회의원이 각 군부대를 방문해서 동요를 잠재우고 장교들이 안심할 수 있게 해 달라는 것.

사실 말만 그럴싸할 뿐 그게 의미 없는 요식행위라는 건 송정한 스스로가 누구보다 잘 안다.

"결과적으로 우리보고 슬며시 압력을 넣어 달라는 거잖소."

"맞습니다. 그래서, 안 하실 겁니까?"

우리국민당 당직자의 물음에 자유신민당 비대위원장은 고개를 흔들었다.

"그럴 수는 없지."

그렇잖아도 자유신민당은 쿠데타에서 자유로운 처지가 아니다.

쿠데타를 일으킬 때 홍안수가 자유신민당 소속이었으니까.

그나마 홍안수가 독재를 생각하고 그냥 자유신민당 의원들까지 닥치는 대로 잡아들였으니 망정이지, 그러지 않았다면 함께 쿠데타 세력으로 엮일 뻔했다.

더군다나 이번에도 장군들이 접촉한 정치인들 중 상당수가 자유신민당 소속이었다.

군대가 원래 구조적으로 자유신민당 충성파가 많은 탓이

었다.

"이 와중에 우리가 대통령의 부탁을 어떻게 안 받아들이나?"

"그건 그렇죠."

여기서 자유신민당이 그 부탁을 거절하면 사람들에게는 자유신민당이 쿠데타를 사주하는 행동으로밖에 보이지 않을 것이다.

"더군다나 무식한 군바리 새끼들이 진짜 쿠데타를 일으키면 우리부터 때려잡을 텐데."

친위 쿠데타도 아닌 일반 군사 쿠데타라면 군인들이 가장 먼저 때려잡을 대상은 다름 아닌 국회의원이다.

그러니 아무리 사이가 좋지 않다 해도 이걸 거절할 수는 없다.

"마음에 안 들어."

이제는 여당에서 야당이 되어 버린 민주수호당도 마음에 들지 않기는 마찬가지였다.

"청와대에 놀아나는 꼴인 건 아는데."

송정한과 사이가 좋은 것도 아니고, 송정한한테 뒤통수를 맞은 게 어디 한두 번인가?

당연히 송정한을 조져야 하고 그와 대립각을 세워야 존재감을 내세울 수 있는데, 하필이면 지금은 그럴 시기가 아니다.

그러나 그러한 정치적 행동들이 사람들에게는 송정한을 지지하는 것처럼 보일 수밖에 없다.

"그러면 빠지시든가요."

그걸 알기에 우리국민당은 서둘러 달라고도, 제발 해 달라고도 말하지 않았다. 안 하면 불리해지는 건 그들이니까.

"알겠네, 알겠어. 그래서, 어디로 가야 하나?"

"복잡하게 생각할 게 뭐가 있습니까? 각자 지역구에 있는 군부대에 가면 되는 거죠."

"허허허, 전방 쪽 의원들은 무척이나 바쁘겠구먼."

"다만 그 전에 대통령과 국회의원 만찬에 참가해 주시면 감사하겠습니다."

"그건 좀 그렇군."

"그건 거절하겠네."

그렇잖아도 송정한이 시키는 대로 하는 느낌이 들어서 꺼림칙한데 대통령 만찬에 참석했다가 가라?

그건 대통령에게 충성을 바친다고 온 세상에 외치는 꼴이 아닌가?

당연히 이들은 그 제안까지 들어줄 생각은 없었다.

"물론 사후 보고 하는 꼴도 싫어."

"알겠습니다."

우리국민당도 그걸 굳이 강요하지는 않았다. 그럴 거라는 걸 예상했으니까.

그랬기에……

"그렇다면 다른 걸 부탁드려도 될까요?"

"시키는 대로 할 거라 생각한다면 오산이야."

"아, 그런 거 아닙니다. 다만 이번 사태와 관련해서 승진할 사람에 대한 조사가 필요하니 군부대 내부에서 잘 살펴 달라는 요청을 드리고 싶답니다."

"승진?"

"장군들이 모조리 날아가게 생겼으니……. 아시지 않습니까?"

"그렇군."

얼마나 많은 장군의 목이 날아갈지는 모르지만 모르긴 몰라도 3분의 2 이상은 날아갈 거다.

그러면 그 자리를 비워 두냐?

그럴 수는 없다. 누군가를 승진시켜야 한다.

그러니 그럴 만한 사람들을 추천해 달라는 뜻이었다.

"그거야 어렵지 않지."

그 말에 다들 고개를 끄덕거렸다.

"잘 부탁드립니다."

우리국민당 당직자는 그들의 모습에 미소를 지었다.

자신들의 계획대로 움직인다면서 말이다.

⚖️

국방부에서 어떻게 대응하기도 전에 국회의원들은 전국적으로 빠르게 움직이기 시작했다.

국방부에서는 불편한 티를 팍팍 냈지만 이제 와서 저항할 방법은 없었다.

그랬기에 국회의원들은 기자들과 보좌관들을 우르르 데리고 군부대를 시찰했다.

"저희 부대에서는 북한과의 전면전을 감안하여 결전 태세를 확립하고……."

중령의 말에 자유신민당 소영안 의원은 귀에 딱지가 앉는 느낌이었다.

'저놈의 결전 태세인지 나발인지는 뭔.'

가는 부대마다 결전 태세 노래를 불러서, 이제는 유행가처럼 느껴지는 수준이었다.

하지만 어쩌겠나.

그녀가 위치한 곳은 파주, 군부대가 가장 많은 곳 중 하나였다.

"고생이 많으시네요, 호호호."

속마음이 어떻건 소영안 의원은 애써 웃음을 지어냈다.

그러고는 슬쩍 보좌관에게 물었다.

"별일 없지요?"

군에 다녀오지 않은 여자 입장에서는 군 내부의 상황이나 분위기가 어떤지 알 수가 없으니까.

귓속말로 묻자 보좌관도 목소리를 낮춰 답했다.

"별문제 없어 보입니다. 위험 징후는 보이지 않습니다."

"쿠데타를 주도한다거나……."

"그럴 일은 없을 겁니다. 다만 장교들의 불안감이 심해 보입니다. 그리고 병사들이 불만을 품고 있는 것 같습니다."

"아니, 병사 따위가 왜 불만을 가져? 병사들이 뭐 쿠데타라도 일으킨다는 거야?"

"그건 아닙니다. 다만 우리가 온다고 하니까……."

"아아~ 무슨 소리인지 알겠어."

지금까지 숱하게 많은 부대를 다녔으니 사실 빤하게 알고는 있다.

자기가 온다고 하니 장교들이 불안감에 병사들에게 청소도 시키고 쥐 잡듯이 잡았을 것이다, 혹시나 책잡힐까 봐.

물론 그럴 이유는 없다.

이게 아무 의미가 없다는 걸 소영안도 안다.

말 그대로 쿠데타를 막기 위한 일종의 견제일 뿐이니까.

'아니, 다른 것도 있기는 하지.'

그녀는 잔뜩 긴장한 모습으로 안내하는 중령에게 갑자기 질문을 던졌다.

"그래서 박 중령님은 현 사태에 대해 어떻게 생각하세요?"

"네?"

"아니, 이번 사태가 발생된 게 현 정권의 문제가 아닐까 하는 생각은 안 들어요?"

그리고 그 말을 들은 박 중령은 얼굴에서 진땀을 뻘뻘 흘리기 시작했다.

"의미가 있나?"

송정한은 노형진에게 궁금하다는 듯 물었다.

"어차피 빈자리를 채워야 하지 않습니까? 그리고 자리 정리도 해야 하고요."

"그건 그렇지."

장군급뿐만 아니라 영관급 자리도 사실 많이 정리해야 한다.

한국의 군사 시스템에서 고위 장교의 자리는 필요 이상으로 비대한 상황이니까.

병력이 절반으로 줄었는데 장군이나 영관급 자리는 그대로이니 당연히 제대로 굴러갈 리가 없다.

"이참에 확 줄이시면 됩니다. 이제는 그에 저항하지 못하겠지요."

그간 고위 장성급의 자리를 비우지 못한 이유는 장군들이 결사반대했기 때문이다.

하지만 이제 반대할 상황이 아니다.

"하지만 지금도 일이 많다고 비명을 지르는데."

"그거야 뻘짓 해서 그런 거 아닙니까? 솔직히 말씀드리면 군 내부에서 훈련과 관련되어서 투입되는 인원보다 서류 작업에 투입되는 인원이 더 많은 것도 사실이고요."

"부정은 못 하겠구먼."

훈련할 시간에 온갖 재롱 잔치와 인사고과를 따기 위한 경연에 투입되니 장교 인원이 안 부족할 수가 있겠는가?

"군대는 참 웃긴 조직이기는 하지."

예를 들어 인원이 부족해서 업무를 줄여야 한다고 위에서 결정을 내리면 휘하 부대에서는 쓸데없는 업무를 줄이는 게 아니라 업무 축소를 위한 테스크 포스를 구축하고 거기에 추가로 인원을 배치한다.

황당하게도 기존 업무를 줄이는 게 아니라 기존 업무에다가 해당 업무를 붙여 버리는 거다.

거기서 어찌어찌 계획을 짜서 올린다?

그러면 그걸 실행하느냐? 안 한다.

애초에 계획을 짤 수가 없다.

왜냐, 테스크 포스에서 어찌어찌 쓸데없는 업무를 찾아도, 이를 보고서에 올리는 것은 상급자에게 '네가 시킨 건 쓸데없는 짓입니다.'라고 말하는 것이나 다름없으니까.

자기 목숨 줄을 쥐고 있는 최고 존엄 장군에게 그런 소리를 누가 하겠는가?

그런 식이다 보니 결과적으로 의미 없는 짓거리만 반복되고 업무만 늘어날 뿐이었다.

"인원이 부족한 걸 알면서도 이 지랄이니, 원."

"어쩔 수가 없습니다. 군대에서는 인원수가 권력이니까요. 영국이 왜 아직도 탱크에 4인을 쓰는데요. 차세대 전차로 챌린저3를 준비하는데 그것도 4인으로 간다고 하더군요."

"응? 영국? 탱크?"

"네. 영국의 챌린저 전차는 4인 운영이 기본입니다."

"그게 상관있나?"

"상관있죠."

전차는 이제 점차 3인 시스템으로 굴러가는 중이다.

그만큼 자동화가 진행되었기 때문이다.

한국의 K2 전차도 현재 3인으로 구동되고 선임 차량만 탄약수 공간이 있다.

"영국에 3인으로 전차를 운영할 기술이 없는 게 아닙니다. 영국 국방부, 정확하게는 전차 계열 장군들이 결사반대하기 때문이죠."

"어째서 말인가?"

"인원이 줄어드는 건 파워가 줄어든다는 뜻이니까요."

4천 명을 지휘하는 것과 3천 명을 지휘하는 건 엄청나게 큰 차이가 있다.

"그리고 솔직히 영국도 한국 못지않거든요."

"뭐가?"

"군납 비리요. 어딜 가나 마찬가지지만요."

영국도 군납 비리로 난리가 난 적이 있었다.

원래 잘 나오던 음식이 민간인 위탁으로 바뀌면서 갑자기 썩은 과일, 곰팡이 핀 빵, 상해 가는 닭 다리나 데워지지도 않은 캔 같은 게 나왔던 것.

참다못한 영국군이 그걸 인터넷에 올리면서 공론화하자 영국 국방부에서 준비한 대책은 군납 비리나 뇌물받은 장교들을 조지는 게 아니라 인터넷에 그걸 올린 군인을 조지는 거였다.

"4천 명이 먹는 것과 3천 명이 먹는 건 전혀 다르죠."

많이 먹을수록, 많이 쓸수록 해 처먹을 수 있는 금액이 크니까.

장군들은 자기들이 해 처먹기 위해서라도 일정 이상의 숫자를 요구하려고 한다.

"국방부가 왜 닥치는 대로 끌고 가려고 하는데요?"

심지어 암 걸려서 제대로 전투력으로 쓸 수도 없는 사람까지 끌고 가는 게 현재 국방부.

인원이 줄어드는 게 문제라고 노래를 부르지만, 정작 그에 따라 효율성을 재고하라고 하면 빨갱이 타령하면서 바꾸려고 하지 않는다.

"한 명 한 명이 뇌물이 될 수 있다 이건가."

송정한은 그 말에 쓰게 웃었다.

한 명 두 명은 차이가 나지 않지만 수천수만 단위면 이야기가 달라진다.

"그러니까 이참에 없앨 건 없애고 늘릴 건 늘려야 합니다. 쓸데없는 노가다도 없애고요. 쓸데없는 외부 작업 같은 건 모두 외부 업체로 돌려야 합니다."

"특혜 시비가 생길 걸세."

"그건 그렇게 이의를 제기하는 놈들이 미친 거죠. 그렇게 공짜 인력이 좋으면 북한의 노가다 부대라도 부르든가요."

군대는 전투를 위해 존재하는 거다, 삽질이 아니라.

그런데 어떤 사람들은 군인들이 삽질도 좀 하고 노가다도 좀 할 줄 알아야 한다고 주장한다.

물론 아예 틀린 말은 아니다.

전쟁 중에 중장비가 들어가지 못하는 경우도 많으니까.

그런데 한국의 경우는 그런 전투에 필요한 시설이나 장비의 설치 개념이 아니라, 병사들에게 기운이 남아 있으면 무조건 사고를 치니까 기운을 빼기 위해 뭐든 간에 작업을 시켜야 한다는 개념이다.

"딱 전투에 필요한 훈련만 시키고 그 후에 남는 시간에는 여유를 주는 게 좋습니다. 그러지 않으면 못 버팁니다. 인구가 얼마나 많이 줄어드는지 아시잖습니까?"

시간을 때울 게 아니라 말 그대로 전투의 프로를 만들어야 한다.

군의 인원은 절반 이하로 줄어드는데 장군 자리를 만들어 주겠다고 쓸데없는 자리만 유지할 수는 없다.

"그건 알겠네. 하지만 그게 쉬운 일은 아니야."

"또 뭔가 일이 있습니까?"

"나한테 더 이상 저항은 못 하지만, 여전히 비리를 건드리기는 애매해."

"그건 저도 알고 있습니다."

먹고 마시는 거야 사실 비리를 잡기도 쉽고 외부 전문가가 와서 건드려도 문제 될 게 없다.

왜냐하면 그건 군사기밀이라지만 사실 아주 중요한 건 아니니까.

군대에서 먹는 게 기밀로 분류되는 이유는, 먹는 양을 역으로 계산하면 인원을 추정할 수 있기 때문이다.

실제로 과거 전쟁터에서는 저녁에 불을 때는 연기 숫자를 세서 적의 병력을 확인한 적도 있고, 생각보다 그게 잘 맞았다.

그렇기에 숫자가 아니라 이게 어느 쪽 음식인지, 질이 어떤지를 알아보는 건 문제가 없지만 그 이상의 정보를 접하는 건 문제가 있을 수도 있다.

보안 허가를 받았다고 해도 결국 그 보안 허가가 적용되는 한계는 명확하게 선이 그어진다.

외부 전문가들이 감사할 수 있었던 것도 양이 아니라 수입품 여부나 질에 관한 부분만 보안 허가를 받았기 때문이다.

"양이나 기타 다른 문제는 말이야, 국방부에서 보안 허가를 꺼리더군."

"아직도 항명하는 버릇을 못 고쳤군요."

"그런 것 같네."

송정한은 그렇게 말하면서 긴 한숨을 내쉬었다.

"그런데 군대는 비밀이 훨씬 많은 조직이 아닌가?"

군수 비리야 어떻게 잡아낼 수 있다지만 보안이 필요한 건 절대로 쉽지 않다.

예를 들어 방탄복에 들어가는 방탄 패널의 경우 테스트를 하거나 그 자세한 정보를 얻기 위해 군에서 별도의 허가를 내줘야 하는데, 외부 전문가에게 그런 걸 내줄 리가 없다.

"그렇다고 내가 일일이 내주라고 명령을 내리는 것도 웃기고 말이야."

못 해 줄 건 없지만 또 그 명령을 국방부에서 순순히 따를 거라는 보장도 없다.

그들은 또 꼬투리를 잡으려고 할 테니까.

"그러면 다른 부대 사람들을 데려오시죠."

"다른 사람들? 그게 안 되니까 이러는 거 아닌가?"

"뭔가 오해하셨군요. 민간인이 아니라 군인을 데려오라는 말입니다."

"이미 자네가 말하지 않았나, 현재 군 내부에서 파벌에 속하지 않은 사람을 찾기 쉽지 않다고."

물론 중령 이하의 상대적으로 낮은 계급을 가진 사람을 찾으면 찾을 수 있을지도 모르지만, 이는 현실적으로 쉽지 않다.

장군이 시킨 것을 실행하는 사람들이 그들이고, 그들 역시 결국 다른 장교들과 관련이 있으니까.

　동기가 전화해서 덮어 달라고 부탁하면 들어줄 가능성이 아주 높다.

　"그러니까 아예 상관없는, 아니 아주 사이가 안 좋은 관계의 장교를 불러야죠."

　"누굴?"

　노형진은 송정한의 말에 자신 있게 답했다.

　"누구긴 누구겠습니까? 타 군이지, 후후후."

군대식 삼권분립

군을 개혁하지 못하는 가장 큰 원인은 간단하다.

뭐든 기밀, 뭐든 비밀이라고 주장하기 때문이다.

물론 군대라는 특성상 그게 틀린 말은 아니지만, 개혁을 해야 하는 시점에서도 군 내부에서 그걸 이유로 틀어막는 건 대한민국 군대가 발전하지 못하는 가장 큰 걸림돌이다.

"그리고 기밀이라는 건 대통령도 어쩔 수가 없는 가장 큰 문제죠."

"그건 그렇지. 군 기밀은 대통령에게 항명할 수 있는 핑계지."

아무리 대통령이라 해도 군 기밀을 섣불리 공개하거나 기밀 해제를 하라고 할 수는 없다.

대통령은 군의 통수권자지 군대의 주인이 아니니까.

따라서 섣불리 군 기밀을 공개하는 순간 대통령으로서 심각한 결격사유가 생긴다.

대통령이 군대가 자기 마음에 안 든다는 이유만으로 방송에서 1급 군사보안을 신나게 떠든다고 생각해 보라.

그러면 누가 대통령을 믿겠는가?

"그러니 내가 머리가 아픈 거 아니겠나? 자네도 알겠지만 국방부 쪽 저항이 장난이 아니란 말이지."

"그러니 다른 파벌을 데려와야 합니다."

"그러면 안 된다며?"

다른 파벌을 끌어들이는 건 미친 짓이다.

결국 그들이 별개의 사조직이 되어서 국가를 그리고 군대를 좌지우지할 거라고 분명 노형진이 말했다.

"물론 그렇지요. 하지만 파벌이 안 생길 수 없고, 실제로 없앨 수 없는 파벌도 있습니다."

"뭐? 군 내부에 그런 게 있다고?"

"그렇습니다."

"누군데? 아니, 어떤 놈들인데?"

"육군, 해군 그리고 공군입니다."

"육군과 해군 그리고 공군이라고?"

"네."

"그게 파벌이라고?"

"전략적인 구분이기는 하지만 동시에 파벌임을 부정할 수도 없습니다. 전 세계에 육군, 해군, 공군이 사이가 좋은 나라는 단 한 곳도 없습니다."

심지어 천조국이라 불리는 미국조차도 서로 땅개니 물개니 하면서 으르렁거린다.

"미국은 전 세계에서 가장 강력한 나라입니다. 그러니 그 셋이 사이가 좋은 게 오히려 이상한 거죠."

"그 정도로 사이가 안 좋은가?"

"미군은 아예 육해공군의 무기 입찰이 별도로 진행되는 나라입니다."

한국군의 총기 주문은 정부에서 사서 전군에 뿌리는 방식으로 이뤄진다.

하지만 미군은 아니다.

미군은 육군과 해군과 공군이 각자 자기들 마음대로 주문한다.

소총에서부터 장갑차, 심지어 전투기까지 알아서 주문하는 게 미국이다.

"뭐, 그쪽이야 규모가 워낙 크니 규모의 경제가 가능해서 그런 거 아닌가?"

"멀리 갈 필요도 없습니다. 구 일본군이 왜 패전했는지 아시지 않습니까?"

"하긴, 그것도 그렇지."

구 일본군은 육군과 해군의 사이가 얼마나 안 좋았는지,

서로 전쟁을 해도 이상하지 않을 정도였다.

서로 각자 알아서 작전을 시행했기에 파병된 일본 육군에 보급이 끊어지는 일도 다반사였고 서로 스파이를 심어서 첩보전을 하기까지 했다.

"한국도 다르지 않다는 건가?"

"뭐, 그 정도는 아니지만 미국보다는 심합니다."

"미국보다 심하다고?"

"네. 각자 영역이라고 하기에는 육군의 독주가 너무 심합니다."

그 말에 송정한은 눈을 찡그렸다.

그도 이제는 대통령이 되어 보고받았기에 그 사실에 대해서는 알고 있었다.

"합참의 거의 절대다수가 육군 출신입니다."

"그렇군. 아, 그러고 보니……."

그 순간 뭔가 깨달은 표정을 지은 송정한이 얼굴을 굳혔다.

"뭐가 문제인지 아시겠습니까?"

"안면회, 미미회 그리고 우리나눔회 모두 육군 아닌가?"

"맞습니다. 쿠데타는 육군이 일으킬 수밖에 없습니다."

물론 지금 쿠데타를 일으키는 건 불가능하다.

하지만 현재 항명을 하며 군 내부에 분란을 일으키는 세력은 죄다 육군 소속이다.

"전 세계적으로 공군이나 해군이 쿠데타를 일으킨 경우는 극히 드뭅니다."

그럴 수밖에 없다.

공군이나 해군은 지상에서 싸울 방법이 없으니까.

공군은 폭격이라는 강력한 한 방이 있지만 미사일 수급이나 연료 문제가 심각하고, 애초에 기지 방어를 육군에 기대는 경우가 많다.

방어 부대가 없는 건 아니지만 그 숫자는 기지를 완벽하게 방어하기보다는 주변의 다른 부대가 올 때까지 시간을 끄는 정도밖에 안 된다.

해군? 해군은 애초에 바다에서 멀어지면 아무것도 못 한다.

승조원들의 숫자야 뻔하다.

그리고 보급이 끊어진 해군은 그냥 바다에 떠 있는 표적일 뿐이다.

"하지만 육군은 다르죠."

자체적으로 지대공미사일이나 지대함 미사일을 소유하고 있다.

한국의 미사일 사령부도 엄밀하게 말하면 육군에서 컨트롤한다.

"한국에서는 그래서 육군의 기세가 강합니다. 그리고 수십 년간 그 기세 때문에 공군과 해군은 찬밥 신세였죠."

아니, 찬밥 신세를 넘어서 육군에게 비웃음의 대상이었다.

"당장 합참도 70% 이상이 육군 출신입니다."

나머지 30% 미만을 해군과 공군이 나눠서 사람이 온다.

보통 사람들은 당연히 비중이 3 : 3 : 3이 맞다고 하겠지만 군의 효율성은 어쩔 수가 없다.

"하긴, 한국은 육군이 우선이니까."

"그렇죠. 미국이 그렇게 주장해 왔고 그렇게 성장해 왔죠."

한국이 육군을 키워서 중국군을 피로써 몸빵하면 뒤에서 일본군이 함대로 일본을 지키면서 지원한다.

그게 미국의 주요 전략이다.

한국을 전쟁터로 제공하는 대신에 일본을 지키는 것.

"씁쓸하지만 현실이지."

실제로 미국은 일본과 한국 두 곳 중 하나를 골라야 할 경우 당연히 일본을 고른다.

"그나마 한국이 공군과 해군에 투자하기 시작한 지도 몇 년 되지 않았습니다."

"그렇지."

이제는 KF-21 같은 자국산 전투기를 만들고 있지만 그 이전에는 모든 게 육군 우선이었다.

공군이나 해군은 미군에 맡긴다는 개념이 강했기 때문이다.

'당연하기는 한데……'

공군이나 해군은 돈을 어마어마하게 먹는 병종인 데다가 한국의 공군과 해군에 돈을 투자해도 전쟁 발발 시에 미군 항모 전단 1개만도 못한 게 사실이니까.

전쟁 발발 시에 항모 전단이 들어올 때까지 대충 시간만 끌면 되는 존재라는 게 한국 군대의 현실이었기에, 그 시간을 끌기 위해 모든 돈이 육군 위주로 굴러갔다.

"하지만 아시지 않습니까, 이제 그럴 시기가 아니라는 걸."

"그렇지."

미국을 위해 한국이 전쟁터가 되어서도 안 되며, 한국의 병사들이 미국을 위해 총알받이가 되어서도 안 된다.

청년들이 피로 중국을 막는 게 아니라, 중국에 너희가 공격해 오면 우리가 이기지는 못하더라도 너희를 반병신 만들 수는 있다는 걸 보여 줘야 한다.

그래서 중국이 한국에서 신형 함이라도 하나 만들려고 할 때마다 길길이 날뛰는 거다.

"그런데 정작 그걸 막는 건 육군이죠."

거의 모든 예산을 자신들이 끌어다 쓰려고 하고, 군 내부에서의 파워 게임을 통해 공군과 해군 장군들을 차별해 왔다.

"사실 한국의 공군과 해군은 과거를 기준으로 생각해서는 안 됩니다."

하지만 합참에서 군 장성은 여전히 과거처럼 육군이 절대적인 비율을 차지하고 있다.

이미 파워 게임에서 이긴 육군 장성들이 자리를 비켜 주지 않으니까.

"그래서 그들은 사이가 엄청나게 좋지 않습니다."

심지어 육군사관학교, 공군사관학교, 해군사관학교로 교육기관도 다르다.

그러니 서로 만나서 하하 호호 친목질을 할 기회조차 거의 없다.

"그리고 그 덕분에 해군과 공군은 사조직이 약하죠."

없다고는 말 못 한다.

결국 해군과 공군의 장군도 권력의 자리이고 또한 군대라는 건 바뀌지 않으니, 사조직을 만들어 서로 물고 빨고 하는 건 인간의 본능 같은 거나 마찬가지니까.

"하긴, 그건 그렇지."

그럼에도 불구하고 해군과 공군의 사조직이 약한 데에는 몇 가지 이유가 있다.

첫째, 자리가 한정되어 있다 보니 경쟁 요소가 별로 없다.

물론 공군이나 해군에도 사관학교 말고 학사 장교, 즉 ROTC 제도가 있다.

하지만 그 숫자는 육군에 비해 훨씬 적다 보니 고위 장교로 가는 비중이 훨씬 낮다.

애초에 아무것도 모르는 상황에서 공군이나 해군에 가 봐야 그다지 의미가 없다 보니 관련 학과 또는 관련 대학 위주로만 구성되어 있기 때문이다.

그렇다 보니 승진 기회가 상대적으로 넉넉하다.

둘째, 고질적인 인원 부족 문제가 있다.

물론 한국군의 인원 부족은 하루 이틀 문제가 아니다.

육군도 인원이 부족하다고 비명을 지르지만 해군이나 공군은 더하다.

어쩔 수가 없는 게, 육군에서 지휘관은 관리직에 가깝지만 해군이나 공군은 기술직에 더 가깝기 때문이다.

막말로 해군이나 공군은 제대하면 기술직도 연봉이 세 배가 뛰고 조종사 같은 경우는 다섯 배 이상 뛴다.

그런데 누가 군에 남아 있으려고 하겠는가?

그렇다 보니 도리어 경쟁이 약해서 승진할 기회가 많은 편.

셋째, 육군에서 워낙 공군과 해군을 차별하다 보니 자기들끼리 똘똘 뭉치는 분위기도 강한 편이다.

물론 하위 장교일 때는 모른다.

육군과 교류할 일이 거의 없고, 설사 있어도 방어 부대 정도니까.

하지만 참모진으로 올라가는 등 승진 코스에 들어가면 다들 느낀다.

육군이 얼마나 해군과 공군을 무시하고 깔보는지.

이런 여러 이유로 승진을 위한 사조직 구성보다는 친목 목적의 사조직이 좀 더 많은 형태일 수밖에 없다.

"물론 그게 불법이라는 사실은 부정할 수 없지만요."

"흠."

"그리고 그들도 결국 군인입니다."

어디서 빼돌리는 게 쉬운지, 어떤 식으로 군대가 돌아가는지 모르는 인간들이 아니다.

물론 육군과 공군, 해군이 각각 다르기는 하지만 시스템이라는 건 결국 육군 참모부에서 통일되어 내려오기에 흐름 정도는 누구보다 잘 알 거다.

"보안도 문제가 없고요."

현직 군인이다.

그런 군인에게 보안 운운하면 그것만큼 웃긴 게 없다.

그 사람에게 보안상 문제가 있다면 군 내부에서 쓸 수가 없는 인간이니까.

"더군다나 그들은 결국 외부 인사니까요."

감사하고 조사한 후에 그들이 그 자리에 남을까?

아니다. 공군이든 해군이든, 결국 자기 자리로 돌아가게 된다.

"그리고 이게 가장 중요한 건데, 사조직이 압력을 행사할 수가 없죠."

"하긴, 그렇겠군."

"지금 우리나눔회 때문에 난장판이라고 하더군요."

우리나눔회는 군수 쪽을 꽉 쥐고 엄청나게 많은 곳에서 해 처먹은 상태였다.

아니, 돈을 해 처먹은 것만 문제가 아니었다.

"그렇잖아도 보고서 받았네. 장군들에게 청탁해서 마음에 안 드는 장교들을 모조리 좌천시켰다더군."

"당연한 겁니다. 부패한 놈들의 행동 패턴이야 뻔하니까요."

올바르거나 자기들의 부패를 신고할 가능성이 있는 사람들은 청탁을 통해 좌천시키거나 괴롭히고 찍어 냈다.

"집단 괴롭힘으로 자살자가 두 명이나 있었던 모양이야."

자기네 우리나눔회에 가입하지 않았다는 이유로 신임 여자 소위 두 명을 괴롭혀서 결국 자살에까지 이르게 했다.

당연하게도 그 사건을 조사한 헌병대는 대충 뭉개고 단순 신변 비관으로 인한 자살로 종결 처리했다.

언제나처럼 말이다.

"하지만 해군과 공군이 그런 부탁에 흔들릴까요?"

물론 청탁 전화를 하긴 할 거다.

그런데 해군과 공군의 고위 장교들이 과연 그 전화를 받았을 때 '아이고, 같은 국군이니 봐드려야지요.'라고 반응할까, 아니면 '네가 뭔데 우리 애들 건드리고 지랄이야!'라고 반응할까?

"아마 높은 확률로 후자일 겁니다."

"국방부나 합참사령부에서 뭐라고 하지도 못하겠군."

"네. 아무리 대갈빡이 나갔다고 해도 국방부나 사령부가 뭐라고 하지는 못합니다."

왜냐하면 육군이 꽉 잡고 있는 것과 별개로 해군과 공군도 국방부와 합참사령부를 지탱하는 축이기 때문이다.

아무리 국방부가 병신이라 해도 세 개의 축 중에서 두 개의 축을 공격할 수는 없다.

　합참이야 워낙 육군판이니 가능하겠지만 그걸 송정한이 두고 보지는 않을 거다.

　"좋은 생각이야, 하하하."

　수십 년 동안 쌓여 있던 해군과 공군의 분노가 쏟아지면 육군에 속한 사조직이 과연 버틸 수 있을까?

　"이참에 발본색원할 수 있겠군."

　"그럴 겁니다, 후후후."

　노형진은 자신이 있었다.

⚖

　노형진의 예상대로 얼마 지나지 않아 육군은 해군과 공군의 감사를 당하기 시작했다.

　왜냐하면 육군과 마찬가지로 해군과 공군에도 감사실이 있고 경험과 경력도 있기 때문이다.

　"진짜 쿠데타라도 해야 합니다! 이러다가 싹 다 죽어요!"

　"무슨 수로요? 뭐, 우리가 소총 들고 돌격이라도 하자는 겁니까?"

　쿠데타라는 건 절대로 쉬운 게 아니다.

　하물며 부사관에서부터 하급 장교, 심지어 병사들까지 쿠데타 가능성에 대해 인지하고 있는데 일으키는 게 가능하겠는가?

"더군다나 우리는 지금 사실상 보직 해임 상태라는 거 잊었습니까?"

사실 사조직에 속하지 않은 장군들의 보직 해임은 금방 풀렸다.

송정한은 개혁을 원하는 것일 뿐 죄도 없는 사람을 조질이유는 없으니까.

하지만 안면회와 미미회 그리고 우리나눔회 소속으로 알려진 사람들은 절대로 풀려나지 못했다.

거기에는 도리어 이번 상황을 기회로 여기는 놈들도 한몫했다.

쿠데타로 해당 세력이 싹 다 갈려 나가 물갈이가 되면서 젊은 세대가 더 빨리 치고 올라갈 수 있었던 걸 기억하는 사람들이 같은 기대를 품은 채, 그간 참고만 있던 온갖 부조리와 범죄를 은밀하게 고발하고 있었던 것이다.

"일단은 가서…… 상황을 두고 봅시다. 나도 다른 쪽에 전화해서 일단 막을 수 있는 건 막아 볼 테니."

하지만 쉽지 않았다.

공군과 해군이라고 범죄가 없는 것은 아니겠지만 육군에 그들을 감사할 권한은 없으니까.

해군과 공군은 군 통수권자로서 대통령의 명령이 있었기

에 육군을 감사할 수 있다지만, 육군은 대통령의 명령을 받지 못했기 때문이다.

"일단 가서 상황을 두고 보도록 하죠."

결국 아무런 대책도 세우지 못하고 떠나는 사람들.

하지만 그들이 고민해야 하는 건 그것만이 아니었다.

띠리링~.

끊임없이 울리는 전화에 자수동 장군은 짜증을 내면서 발신인을 확인했다.

그러고는 전화를 들어서 소리를 버럭 질렀다.

"뭐야! 내가 당분간 전화하지 말라고 했잖아!"

－소장님, 어떻게 좀 해 봐요. 이러다가 죽겠다고요. 오늘도 물개 새끼들이 서류를 다 털어 갔어요. 그제는 공군이고 오늘은 해군이고.

"장 소령! 입 좀 닥쳐! 내가 지금 노는 것 같아?"

－소장님, 지켜 주신다면서요! 그런데 이게 뭐예요!

"누가 안 지켜 준대? 일단 좀 기다리라고 했잖아!"

자수동은 소리를 버럭버럭 질렀다.

안 지를 수가 없었다. 당장 자기가 죽게 생겼는데 누굴 지켜 준단 말인가?

－어떻게 좀 해 봐요! 이러다가 우리 다 죽어요!

우리나눔회 소속인 장 소령은 그건 해 처먹은 게 너무 많아서 군 형무소행을 피할 수 없는 상황이었다.

이것이삶이다

그랬기에 그녀는 자신을 도와줄 수 있는 가장 확실한 사람, 즉 자수동 소장에게 도움을 요청할 수밖에 없었다.

실제로 한두 번 걸린 게 아니었지만 언제나 자수동 소장의 전화 한 번이면 역으로 상대방을 좌천시키거나 자살시킬 수 있었기에 이번에도 그럴 수 있을 거라 기대하면서 말이다.

하지만 그거야 자수동이 멀쩡할 때의 이야기다.

"내가 말했잖아! 좀 닥치고 있으라고!"

당장 나부터 죽게 생겼는데 자꾸 도와 달라고 징징거리는 장 소령을 참지 못하고 자수동은 소리를 버럭 질렀다.

"다시는 전화하지 마!"

―소장님?

"그러고도 네가 군인이야? 이런 문제는 좀 알아서 하란 말이야!"

자수동은 짜증을 내면서 전화를 끊었다.

그러고는 바로 장 소령의 전화번호를 차단으로 돌렸다.

"에이, 씨팔년. 이러니까 군대에 계집을 들이는 게 아닌데."

애써 불안감을 감추면서 밖을 내다보는 자수동.

그런데 이제는 낯선 번호로 계속 전화가 오는 게 아닌가?

"이년이 미쳤나?"

감히 소령 따위가 소장인 자신의 명령을 무시한다는 사실에 분노한 자수동은 한 소리 하기 위해 다시 전화기를 들었다.

"내가 전화하지 말라고 했지? 지금 상관 말이 말 같지도 않아!"

하지만 불행히도 그 낯선 전화번호는 장 소령의 것이 아니었다.

–법무 법인 새론의 서세영 변호사라고 합니다. 저는 지금 처음 전화드리는 겁니다만?

"끙."

그 말에 자수동은 순간 흠칫했다.

법무 법인 새론. 노형진이 속한 그 빌어먹을 곳 아닌가?

그런 생각이 들자 말이 좋게 안 나왔다.

"이봐요, 거기 여자 변호사. 목소리를 들어 보니 나이도 어린 것 같은데, 주제를 좀 알고 설쳐요. 당신네 변호사 한 명이 청와대 자문 위원이라고 해서 당신들도 기밀에 접근할 수 있는 건 아니야! 어디 감히! 전화질이야! 당신! 이 번호 어떻게 얻었어!"

장군의 연락처는 기밀 사항이다. 청탁이 들어오는 걸 막기 위해서다.

물론 알 놈들은 이미 다 알고 있고, 알아내려고만 하면 다 알아낼 수 있지만 말이다.

어찌 되었건 기밀은 기밀이기에 짜증부터 내려는 그 순간 자수동의 귀로 믿을 수 없는 이야기가 들려왔다.

–자수동 소장님 아내분한테서 얻었는데요.

"뭐? 내 아내?"

자신의 아내가 왜 자신의 연락처를 새론에 준단 말인가?

노형진이라면 이해라도 한다. 노형진이야 청와대의 자문 위원이고 이 모든 상황의 주범이니까.

그런데 이 서세영이라는 여자는 목소리만 딱 들어 봐도 어린 변호사다.

자신과 엮일 일이 없고 군대와 엮일 일도 없으며 아내와는 엮일 일이 더더욱 없을 듯한.

그러나 자수동이 그 이유를 알게 되기까지는 오래 걸리지 않았다.

–자수동 소장님, 장은혜 소령님 아시죠?

"내 부하야!"

–직속 부하는 아니던데요?

"그걸 당신이 왜 따져! 그거 군사기밀이야! 어디 계집애 따위가!"

–아, 이건 군사기밀이 아니라 이혼소송 관련 확인 사항입니다.

"뭐? 이…… 이혼?"

–네. 그 장은혜 소령님이랑 오랜 시간 내연 관계였죠?

그 말에 자수동은 심장이 덜컥 내려앉았다.

사실은 그랬다.

처음에는 장은혜의 비리를 봐주는 조건으로 적지 않은 뇌물을 받았는데, 그러기 위해 자주 만나다 보니 눈이 맞았고 그 후에 몸을 섞고 나중에는 그녀를 적극 밀어줘서 소령의 위치까지 올려 준 것이었다.

지금이야 다른 부대 소속이지만 처음 만났을 때만 해도 같은 부대 소속이었기에 그런 내연 관계가 가능했던 것.

그런데 그걸 어떻게 아내가 안단 말인가?

"너…… 너 누구야! 너 누구냐고!"

─방금 말씀드린 것처럼 새론의 서세영 변호사입니다. 이번 이혼소송에서 아내분을 대리하게 되었습니다.

그 말에 자수동의 손에서 핸드폰이 스르륵 빠져나갔다. 동시에 그의 눈깔이 뒤집어지면서 그대로 뒤로 자빠졌다.

"자…… 장군님? 장군님!"

운전병은 그제야 뭔가 이상하다는 걸 느끼고 차를 세우고 자수동의 상태를 살폈지만 그는 쉽게 정신을 차리지 못했다.

⚖

"그러니까 지금 부패한 장군들의 연금을 다 날리겠다는 건가?"

"네. 부패하면 모든 걸 잃게 된다는 걸 보여 줘야 합니다. 그간은 적당히 사표만 받고 내보내서 그렇게 된 겁니다. 이제는 사표도 압력도 안 먹히고, 모든 것이 밝혀져 결국 모든 걸 잃게 된다는 걸 보여 줘야지요."

장군들의 비리만 문제일까?

아니다. 의외로 장군들과 여성 장교들이 부정한 관계를 맺는 경우는 생각보다 많다.

당장 예쁜 여성 장교가 들어오면 1순위로 맡는 역할이 바로 장군님 비서다.

능력이고 뭐고 상관없이 얼굴이 예쁘면 일단 장군님 비서로 가는 거다.

"그래도 장군이 멀쩡한 사람이면 별문제가 없습니다. 하지만 멀쩡하지 않은 경우에는 세 가지 상황이 벌어지죠."

첫 번째, 성추행과 성희롱을 못 버텨서 옷 벗고 나간다.

두 번째, 자살한다.

세 번째, 붙어먹는다.

"그런가?"

"솔직히 말씀드리면 장군의 비서가 여자냐 남자냐에 따라 그 장군에 대한 판단을 어느 정도 할 수 있습니다."

"어째서 말인가?"

그 말에 송정한은 고개를 갸웃했다.

하지만 이어지는 노형진의 말에 고개를 끄덕거렸다.

"장군의 비서가 여자여야 한다는 법은 없거든요."

정확하게 표현하면, 군 내부에 비서라는 직책은 없고 부관이라고 표현해야 한다.

부관은 군에서 장군을 보좌하는 직책이지 여자가 맡아야 하는 직책이 아니니까.

"그래서 제대로 된 장군들은 아예 부관을 남자로 해 달라고 합니다."

혹시나 구설수에 오를까 봐 아예 선을 그어 버린다는 거다.

실제로 군 내부에서 이런 문제로 엄청나게 말이 많은 것도 사실이니까.

"하지만 이번에 걸린 장군들은, 아시죠?"

"그렇군."

상당수가 여성 부관을 데리고 있거나, 조사 결과 여자들과 난잡한 관계를 유지해 왔다.

"돈이 왔다 갔다 하는데 여자를 끼지 않을 리가 없죠."

하물며 군 내부의 부도덕한 놈들이 그런 걸 신경 쓸 리가 없다.

"그런데 의외군. 어떻게 이혼을 종용한 건가?"

장군들은 어떻게든 저항할 방법을 찾으려고 노력 중이었다.

하지만 갑자기 자기들 이혼소송이 터졌으니 더는 방법을 찾을 정신도 없을 거다.

전선이 한 곳인 전쟁과 두 곳인 전쟁은 그 난이도가 다르다.

그건 법도 마찬가지.

이혼소송을 하는 아내 입장에서는 한 푼이라도 더 뜯어내기 위해 몸부림칠 테고, 그 과정에서 온갖 비리가 튀어나올 거다.

전남편이 될 장군이 얼마나 나쁜 놈인지 증명해야 할 테니까.

"간단한 거죠. 연금을 핑계 삼았습니다."

"연금?"

"네. 이제 연금은 없다는 걸 확실하게 말해 줬죠. 부인들이 모두 남편의 불륜 사실을 전혀 몰랐던 건 아닙니다. 알지만 모른 척한 거지."

왜냐하면 받은 돈과 모은 돈 그리고 연금이 있기 때문이다.

장군이 은퇴하고 나면 막대한 연금이 나오니 부인도 그걸로 누리고 사는 데 문제가 없다고 생각해 참았을 것이다.

"아, 그렇군."

노형진의 설명을 들은 송정한은 이해했다는 듯 고개를 끄덕거렸다.

"그 연금이 날아가게 생겼군."

"맞습니다. 그런데 지금이 딱 기회거든요."

"연금은 분할 대상이 맞지."

재산을 분할한다고 하면 사람들은 현재 가진 재산만 생각하지만 실제로는 미래에 확정적으로 들어올 돈에 대한 기여도가 인정되는 경우 그에 대한 분할도 인정된다.

예를 들어 적금을 10년간 부었는데 그 돈이 확정적으로 입금될 예정이면 그 적금 역시 분할 대상이다.

그리고 연금도 동일한 성격을 띤다.

아무리 연금이 정부에서 주는 돈이라지만 어찌 되었건 임금의 한 종류이니, 아내로서 집안을 건사하고 남편의 사회생

활을 지원했다면 연금 역시 분할의 대상이 된다는 게 대법원의 판단이다.

미래에 대비해 연금이 월급에서 빠지는 건 사실이지만 그만큼 돈을 아끼는 데에는 장교 본인뿐만 아니라 아내도 기여하기 때문이다.

"그런데 곧 연금이 날아갈 상황이니까."

"네."

그런데 여기서 문제가 생긴다.

이혼소송 시 연금을 감안해서 재산 분할을 요청하면 어떻게 되겠는가?

"막대한 돈을 가져갈 수가 있겠군."

연금을 포함해 재산 분할을 할 때에는 '추후 50%의 연금을 지급하라.'라는 판결보다는 '추후 지급될 연금의 50%를 계산하여 몇억을 지급하라.'라는 판결이 나오는 경우가 많다.

왜냐하면 연금을 받는 당사자가 그걸 제대로 제공하지 않는 경우가 훨씬 많고, 애초에 연금은 금액이 확실하게 정해져 있는 데다가, 분할한다고 해도 정부에서 이혼한 아내에게 주는 상황에 대한 지급 규정은 없어서 규칙이 애매하기 때문이다.

"지금 이혼하면 연금을 포함해서 막대한 재산을 챙길 수 있죠."

"하지만 나중에는 아니겠군."

"당연합니다."

나중에 이혼하면 어떻게 될까?

당연하게도 연금이 박탈된 상황이니 연금액은 청구할 수도 없을 테고, 범죄 수익도 환수될 테니 남은 재산도 별로 없을 거다.

평균적인 장군들의 재산을 생각하면, 지금 이혼하면 10억 이상 더 가져올 수 있다고 볼 수 있다.

"남편이 바람피우는 걸 알고 있었다면 더더욱 그렇겠죠."

물론 모든 장군이 다 바람을 피운 건 아니니 일부의 사례이기는 하다.

하지만 이런 식의 공격은 부패한 장군들의 저항 의지를 완전히 꺾을 수 있다.

"저한테 어쭙잖은 심리 전술을 걸면 안 되죠."

전략이고 전술이고 그냥 충성을 외치는 부하들에게 최고 존엄으로 군림하던 부패한 장군들이, 과연 개인의 심리와 행동을 이해하는 대상을 이길 수 있을까? 당연히 턱도 없다.

"자네를 자문 위원으로 선택한 게 신의 한 수야."

"이제 국방 개혁을 막을 놈은 없겠군요."

"그렇겠지."

이제 쓸데없는 허례허식을 다 벗어던지고 실제 전투부대로 한국군을 뜯어고칠 시간이었다.

"그나저나 그 문제는 생각 좀 해 봤나?"

"미국 문제 말이군요."

"그래. 같이 가야 할 거 아닌가?"

"같이 가야죠."

노형진은 긴 한숨을 내쉬었다.

"이거 참 곤란한 문제이기는 하네요. 쌩깔 수도 없고 싸울 수도 없고."

노형진은 머리를 긁적거렸다. 진짜 답이 보이지 않았으니까.

"더 고민해 봐야겠습니다."

절대로 쉽지 않은 우크라이나의 문제. 그게 노형진을 괴롭히고 있었다.

이것이 법이다

중립이 제일 힘들어

　한국에서 대통령이 되면 취임 초기에 미국에 가는 게 거의 규칙이다.

　물론 과거처럼 사대하기 위해, 또는 대통령이 된 걸 보고하기 위해 미국으로 가는 건 아니다.

　미국이 한국에는 워낙 중요한 동맹국이기에 서로 안면을 트고 친하게 지내기 위해 가는 거다.

　하지만 그게 결코 반가운 것만은 아니었다.

　도리어 국제 정세가 혼란스러우면 가고 싶지 않아질 만큼 머리가 아프다. 마치 지금처럼 말이다.

　"웨이든 대통령은 한국이 우크라이나를 지원해 주기를 원하고 있다 이거군요."

미국으로 가는 대통령 전용기 안.

송정한은 노형진에게 당면한 가장 큰 문제에 대해 이야기하고 있었다.

첫 방미이고 좋은 결과를 가져와야 하는데, 미국에서는 송정한의 방미 실적 따위에는 관심이 없었다.

어떻게 해서든 송정한을 꺾어 자국의 이익을 확보하기 위해 이를 박박 갈고 있을 뿐.

그걸 알기에 송정한으로서는 부담스러운 상황일 수밖에 없었다.

"맞아. 그리고 그 생각을 꺾을 생각이 없어 보이네."

각 나라의 대통령이 미국에서 무슨 조약을 맺었다, 무슨 약속을 했다 하고 언론에 보도되지만 그건 반은 맞고 반은 틀린 표현이다.

각 나라의 대통령이 타국에 방문해 조약에 사인하는 건 사실이지만 이미 그 나라와의 협상은 실무진이 대부분 처리해 둔 상태니까.

이번 방미도 마찬가지.

주요 정책과 관련해서 이미 미국과 어느 정도 협의가 이루어진 상태다.

하지만 단 하나, 우크라이나 문제와 관련해서는 협의가 이루어지지 않았다.

애초에 협의가 이루어질 수가 없었다.

조건이 너무 평행을 달리고 있으니까.

'웨이든 대통령이란 말이지.'

빌 웨이든 대통령.

러시아와 싸우는 우크라이나에 엄청난 지원을 해 주고 있는 현 미국 대통령이다.

그리고 그는 한국에 러시아를 적대하고 우크라이나에 좀 더 강한 지원을, 아니 그냥 대놓고 노골적으로 군사 지원을 해 줄 걸 요구하고 있었다.

"그래서 대통령님은 어떻게 생각하십니까?"

"나야 개소리라고 하고 싶지. 자네도 알지 않나? 한국은 지정학적으로 한쪽에 붙으면 손해야."

"맞습니다."

동맹인 미국은 멀고 중국과 러시아에 너무 가깝다.

전쟁이 나면 미국이 오는 동안에 전 국토가 초토화되고도 남을 정도로 위험한 위치.

근교원공이라는 말이 있다. 가까운 곳과 교통하고 멀리 있는 곳과 싸우라. 정치의 한 방식이다.

그런데 왜 이런 말이 생겼을까?

간단하다.

가까운 곳과는 교류하면서 이득을 챙기고, 원거리에 적을 만듦으로써 내부의 결속을 다지라는 거다.

적이 멀리 있으면 투덕거려도 전쟁으로 비화될 가능성이

극도로 낮기 때문이다.

그런데 현재 한국은 그 반대되는 상황이다.

근공원교 하는 상황.

미국에서 적대하라고 압박하는 러시아와 중국이 바로 옆에 있고, 일본과도 딱히 사이가 좋은 것은 아니다.

더군다나 러시아와 중국은 독재국가라는 점은 둘째 치고 실제로 한국과 막대한 경제적 거래를 하는 나라들이다.

그런 나라들과 적대를 한다? 멍청한 짓이다.

물론 노형진이야 손해 볼 게 없다.

이 사태가 일어날 것을 이미 알고 있었기에 손절할 건 손절했으니까.

하지만 대한민국의 모든 사람들에게 '중국과 러시아와 손절해야 합니다.'라고 할 수는 없고, 두 나라의 투자금은 절대로 작은 금액이 아니다.

"이제 와서 우크라이나에 무기를 공급하라는 건 대놓고 우리더러 러시아와 전쟁하라는 소리인데."

"개소리죠. 빌 웨이든 대통령은 우리를 방패 삼고 싶은 것뿐입니다."

"그렇겠지. 우크라이나가 무너지면 누군가는 방패가 되어야 하는데……."

"그게 우리겠죠."

송정한이 감정을 이기지 못하고 인상을 일그러트렸다.

"빌어먹을. 미국 놈들은 어지간히도 한국을 전쟁터로 만들고 싶은 모양이군."

"언제는 안 그랬습니까? 육군 위주로 군을 구성하게 한 게 그들인데요."

만일 우크라이나가 무너진다면, 그러면 그다음 표적은 어디가 될까?

이미 나토에 가입한 발트삼국?

아니면 동맹이자 혈맹인 중국?

아니다. 그 보복의 대상은 다름 아닌 러시아와 가깝지만 나토에 속해 있지 않아서 집단 방어도 못 하는 한국이 될 가능성이 크다.

물론 러시아가 미쳐서 한국을 공격한다면 동맹국인 미국이 참전하겠지만, 현실적으로 미국이 참전하는 것과 별개로 한국 국토가 말 그대로 불타는 건 피할 수 없는 미래다.

"우리도 마치 우크라이나처럼 러시아 또는 중국과 대리전을 하게 되겠지요."

"내 말이 그거야."

러시아의 침략이 사회적으로 그리고 국제적으로 나쁜 짓인 것은 사실이기에 한국 정부 역시 우크라이나에 최소한의 지원은 하고 있다.

비살상 장비들—방탄복이나 방탄모 같은 것도 보내고, 막대한 양의 구호물자도 보내고 있다.

"하지만 빌 웨이든 대통령은 군수물자를 요구하는 상황이고."

"뭐, 수틀리면 설마 파병도 요구하는 거 아닙니까?"

"그럴지도 모르지."

"나토군이 파병하면 3차대전 확정이지만 한국군은 나토군이 아니니까요."

"중요한 건 우리가 그들의 부탁을 들어줄 수는 없다는 거야."

다행히 파병해 달라는 황당한 부탁을 할 가능성은 높지 않다.

하지만 군수용품을 우크라이나에 보내라는 요구는 심각하다 못해 엄청난 압박으로 다가오고 있었다.

"미국에서는 얼마나 보내라고 합니까?"

"대략 포탄 250만 발."

"미쳤군요."

그 정도 양이면 한국에 있는 재고를 엄청나게 퍼 줘야 한다.

그 정도 재고가 없는 건 아니지만 그렇게 퍼 주고 나면 한국을 지킬 포탄이 없다.

"우회 지원을 한다고 하시죠?"

"우회 지원은 안 된다는 입장이야.. 이참에 줄을 확실하게 서라 이거지."

우회 지원이란 우크라이나에 무기를 지원하는 다른 나라에 한국이 해당 무기를 공급하는 방식을 말한다.

사실 회귀 전의 한국은 그런 방식을 이용해서 적지 않은 수익을 냈다.

이것이

말이 우회 지원이지 포탄을 구입하는 건 나토 국가니까.

"웃기는군요."

나토에 끼워 주지도 않는다.

그렇다고 해외로 진출하는 걸 도와주지도 않는다.

그래 놓고 무기를 지원하라니.

"이해가 되지 않는 건 아니네만."

전 세계에서 전면전을 준비한 건 거의 한국뿐이고 단시간에 엄청난 재고를 보낼 수 있는 것도 한국뿐이니까.

'하긴, 미국도 무기를 얼마나 보냈는지, 재고가 부족하다고 비명을 지를 정도이긴 했지.'

물론 그게 뻥이라는 걸 노형진은 안다.

미국이 어떤 놈들인데 자국 방어 무기도 남기지 않고 보냈겠는가?

"그렇다고 그냥 무시하기에는 미 정부의 압박이 너무 세단 말이지."

그 말에 노형진은 고개를 끄덕거렸다.

전쟁은 더더욱 길어질 것이고 무기는 점점 더 부족해질 것이다.

'다만 역사랑은 좀 달라졌는데, 흠.'

지금은 아직 전쟁 초기다.

현실적으로 무기가 부족한 건 사실이지만 미국에 재고가 없는 수준은 아니라는 거다.

'그런데도 무기를 요구한다는 건, 우크라이나 전쟁이 오래 갈 거라고 예상했거나 다른 목적이 있어서라고 봐야 하는데.'

하지만 지금 시점에서 미국이 우크라이나 전쟁이 오래갈 것이라 확신하기는 힘들다.

첫 전쟁 개시에서 미국은 우크라이나 함락까지 3일이 걸릴 거라고 예상했다.

이는 곧 3주로 변경되었고, 그다음은 6주, 이후 6개월로 늘어만 갔다.

하지만 오래갈 거라고는 결코 생각지 않았다.

'즉, 장기 전쟁이 목적이 아닐 거란 말이지.'

그러면 가능성은 하나뿐이다.

아니, 사실 거의 정답이 나와 있다고 봐도 무방하다.

"대통령님의 말씀대로 줄 잘 서라는 협박 쪽이 맞겠네요. 안 그렇습니까, 대통령님?"

"우리 쪽 참모들도 그렇게 생각하고 있네. 우리는 결코 우크라이나 전쟁에 물자를 보급하지 못하리라는 걸 저쪽도 알 테니까."

절대로 안 된다.

결사반대하고 있는 한국 정부에 포탄만 250만 발을 내놓으라니.

"하긴, 한국 입장이 애매하긴 하죠. 주변이 죄다 적인데, 또 그 적들이 경제적으로 너무 밀접한 나머지 쳐 낼 수도 없으니."

"그러게 말이야."

하지만 미국 입장에서 대한민국 경제가 망하든 말든 알 게 뭔가?

중요한 건 자기네에게 필요한 전초기지뿐인데.

"애초에 우리 땅을 전쟁터로 가정하고 전략을 짜는 게 현실이니까."

"그렇겠죠. 모조리 박살 나도 상관없다고 생각할 겁니다."

중국과 러시아의 태평양 방어 라인은 일본이다.

반도체 공급 라인은 대만이고.

한국이 완벽하게 보호받기에는 여러모로 애매하다.

더군다나 한국에서는 외교의 성공 여부를 대만이나 일본처럼 얼마나 미국에 충성하는지가 아닌 얼마나 실익을 잘 챙기면서 중립 외교를 하는지로 따진다.

그러다 보니 미국 입장에서는, 어떻게든 자기 파벌로 삼아 비상시 전쟁터로 활용해야 하는 한국이 뭉그적거리고 있으니 불편할 수밖에 없다.

"나는 말이야, 미국이 우방 우방 그래서 진짜로 우리를 도와주고 싶어 할 거라 믿었네."

송정한은 왠지 착잡한 표정으로 비행기 밖에 흘러가는 구름을 바라보았다.

"하지만 아니더군. 그들은 우리를 이용할 가치로만 재고 있어."

"그게 이상한 건 아니죠. 우리가 중국과 러시아를 놓지 못하는 이유가 뭔데요?"

"하긴…… 그것도 그렇군."

사상적으로 맞아서? 아니면 그들이 독재국가인 걸 몰라서?

아니다. 우리에게 필요하니까 못 놓는 거다.

필요 없다면 포탄을 백만 발이든 천만 발이든 못 주겠는가?

"이 세상에는 영원한 적도, 영원한 아군도 없습니다."

그건 미국도 마찬가지다.

한국이 미국의 편을 드는 이유는 미국 기준의 질서가 그나마 한국에 유리하기 때문이다.

"그렇겠지. 문제는 미국에 도착하면 그 줄 잘 서라는 소리를 엄청나게 듣게 될 거라는 거야."

물론 대통령 입장에서는 그게 불편할 거다.

"그게 싫으신 겁니까?"

"아니. 그런 게 무섭거나 싫었다면 대통령을 하지도 않았겠지. 문제는 그걸 들어주지 않으면 미국과 유럽이 실력 행사를 할 거라는 거네."

"그건 그렇죠."

실제로 미국과 유럽은 한국이 자기편을 들어 주지 않자 여러모로 숨통을 조여 왔다.

"그걸 막을 방법이 마땅치 않다는 거지."

"마이스터는 공식적으로 미국 기업이니 도와드릴 수도 없고요."

"그러니 말이야."

그렇다고 송정한의 성격상 닥치는 대로 실적을 끌어오고 조작해서 '미국 순방 몇백억 달러 계약 달성' 같은 걸 이야기할 리는 없다.

"그렇잖아도 그것 때문에 저도 고민을 많이 했습니다만…… 이럴 때는 우리 쪽에서 다른 떡밥을 던지면 됩니다. 일단은 논점부터 흐리시죠."

"논점을 흐려?"

"원래 싸움이 그런 거 아니겠습니까?"

의견이 첨예하게 대립할 때, 그리고 그게 자신의 마음에 안 드는 주제일 때 논점을 흐리거나 방향을 돌리는 건 토론에서든 정치판에서든 흔하게 쓰는 방법이다.

"무슨 수로? 저쪽에서 작심하고 밀어붙일 모양인데 그게 쉽겠나?"

"일단 중국의 드론 수출을 떡밥으로 제시해 보세요."

"드론?"

"네. 아시겠지만 전 세계 드론 강국은 중국입니다."

"그 사실을 모르는 사람이 있나."

중국이라고 무시할 게 아니다.

전 세계에서 드론을 가성비가 가장 좋게, 가장 많이 만드는 나라가 바로 중국이다.

"그런데 그에 관해 비밀이 하나 있습니다."

"비밀?"

"네. 드론 통제권, 중국이 회수할 수 있습니다."

그 말을 순간 이해하지 못한 송정한은 잠시 동안 멍하니 있다가 이내 눈을 휘둥그레 떴다.

"잠깐, 그게 무슨 말이야?"

"사람들이 잘 모르더군요. 하긴, 그건 러시아도, 우크라이나도 잘 모르는 것 같더군요."

"당연하지! 지금 자네가 한 말이 무슨 의미인지 모르나? 그건 생각보다 훨씬 심각한 문제야!"

"알고 있습니다."

전 세계 1위 드론 판매 국가는 중국이다.

그런데 그 통제권을 중국이 가지고 있다면, 그 드론으로 얻을 수 있는 모든 정보에 중국이 접근할 수 있다는 소리가 된다.

전쟁터에서 움직이는 아군의 방향, 숫자, 심지어 전략까지.

'나중에야 알려지지만 말이지.'

중국은 그걸 일종의 지오펜스, 그러니까 가상의 자국 내 방어선을 지키기 위한 도구라고 밝혔다.

중국에 접근하면 자동으로 무장해제, 비행 정지, 또는 귀환 등을 하도록 설정했다는 거다.

자기들 말로는 중국산 드론으로 중국을 공격하는 걸 막기 위해서라지만, 상식적으로 군사용 드론도 아닌 민간용 드론에 그런 시스템이 왜 필요하겠는가?

그리고 중국이라는 나라가 과연 단순히 자국 보호를 위해 자국 내 비행 금지 기능만 넣었을까?

애초에 상황에 따라서는 자폭 기능도 넣었다는데, 그 말인 즉슨 중국이 원하는 특정 상황이 오면 자국에서 수출한 드론을 이용한 공격도 가능하다는 의미다.

"그게 사실인가?"

"네, 사실입니다."

이 사실이 드러나게 된 경위는 단순하다.

인도에서 중국산 드론을 이용해서 중국을 감시하다가 알려진 것.

"중국과 인도가 국경분쟁 중인 거 아시죠?"

"알다마다."

서로 국경분쟁 중인데 일이 커질까 봐 화포류는 못 쓰고 무슨 중세처럼 냉병기로 찌르고 패 죽이는 싸움이 일어난 게 불과 얼마 전이다.

"인도에서 중국을 감시하려고 중국에 드론을 보냈다고 하더군요."

"설마 중국산 드론을 말인가?"

"중국과 인도는 참 웃긴 사이죠."

중국과 인도는 서로에게 적대적 포지션을 취하고 있는 분쟁 관계지만 동시에 한국처럼 각자의 필요에 따라 움직이는 나라들이기도 하다.

  인도는 드론이 필요하고 중국의 드론은 싸다.

  그러니 인도는 중국산 드론을 산다.

  "그런데 해당 드론이 중국 국경, 정확하게는 중국에서 자기 영토라고 주장하는 국경 안쪽으로 들어가는 걸 거부했다더군요."

  "마치 통제받는 것처럼 말인가?"

  "네."

  "아니, 그걸 도대체 왜 거기서 쓴 거야?"

  '내가 줬으니까.'

  사실 노형진은 그 사실을 알고 있었다.

  그리고 역사가 많이 바뀌었다.

  원래 역사에서는 인도가 분명 중국제 드론을 쓰다가 이 사실이 알려진다.

  하지만 현재 인도는 노형진과 마이스터 덕분에 세계 3위의 드론 생산 강국이다.

  물론 전문 설계를 비롯해 복잡한 건 한국이, 단순 공정은 인도에서 담당하고 있지만, 빠르게 치고 올라가면서 드론 생산량이 하루가 멀다 하고 늘어나고 있다.

  그렇기에 현재 인도에서는 중국산 드론보다 자국산 드론

의 비중이 더 높아졌다.

'그래서 내가 중국산 드론을 몇 개 선물해 줬지.'

국경 부대에 실전 테스트용이라고 몇 개 선물했는데, 그걸로 테스트하던 인도군은 그 사실을 알고 깜짝 놀랐다.

"아직 조사 중입니다만 아무래도 사진을 송출하는 기능도 있는 것으로 보입니다."

그 말에 송정한은 얼굴이 굳었다.

사진을 송출하는 기능이 있다면 그 나라에서 찍히는 정보는 모두 중국으로 간다고 봐야 하니까.

"확실한 건가?"

"아직은 불확실합니다. 아시겠지만 백도어에 접근하는 건 쉬운 일이 아니라서요."

"그건 그렇지."

백도어는 국제적으로 아주 심각한 불법행위로 여겨진다.

당연히 그걸 쓰는 중국도 쉽게 걸리게 만들지는 않았다.

하물며 민간용품도 아닌 군수물자의 백도어가 걸리면 그로 인해 심각한 타격을 입게 된다.

'나도 아마 회귀하지 않았다면 몰랐겠지.'

하지만 미래에 걸렸고, 중국도 그걸 부정하지는 못했다.

중국은 그저 자국 보호가 목적이라고 변명했을 뿐이다.

"그래, 그거라면 잠깐은 시선을 돌릴 수 있겠군."

"물론 그렇지요. 그러니까 드론을 미끼로 파세요."

"한국에서 만드는 드론 말인가? 포탄이나 드론이나 그게 그거 아닌가?"

"아니요. 인도에서 만드는 드론을 파는 거죠."

"인도?"

"인도에 막대한 양의 드론이 있습니다."

"어느 정도나?"

"거의 3만 대 이상입니다."

"뭐?"

노형진의 말에 송정한의 눈이 커졌다.

"그 정도 양이 있다고? 인도에서 우크라이나 쪽에 수출한 게 적지 않을 텐데?"

"물론 그렇습니다만 조만간 더 큰 반격이 있을 거라 생각했으니까요. 러시아가 공세종말점에 다다른 건 딱히 비밀도 아니지 않습니까?"

"하긴, 그것도 그렇지."

공세종말점이란 공격하는 쪽의 기세가 꺾이면서 공격력이 방어력과 완전히 상쇄되는 지점을 뜻한다.

긴 보급로 등 여러 가지 이유로 그 공세종말점에 다다르면 전투력이 급감해 방어하는 데 급급해지는데, 이때 제대로 방어하지 못하면 도리어 역습당해서 뒤로 밀려나게 된다.

"그래서 그걸 준비한 겁니다."

'더군다나 공세종말점에 원래 역사보다 훨씬 일찍 다다랐지.'

원래대로라면 훨씬 안쪽까지 들어갔어야 하는 러시아군은 생각보다 일찍 공세종말점에 도달했다.

원래는 힘없이 밀려야 했던 우크라이나군이 미리 전장에 설치해 둔 수많은 무선 장비들 덕에 인명 피해가 거의 없다시피 하면서 시가전에서 충분한 시간을 끌었고, 특히 초반에 큰 힘을 발휘하던 러시아의 탱크가 무선 터릿의 영향으로 과거보다 훨씬 힘이 약해진 것도 있었다.

그 결과 러시아는 원래 계획보다 훨씬 더 빠르게 구 전술, 그러니까 도시에 돌입하기 전에 아예 포격으로 도시의 건물 자체를 초토화하는 전술을 쓰기 시작했고, 그 결과 시간도 오래 걸리고 포탄이나 미사일의 소모도 많아졌기에 급격히 공세종말점이 온 것이다.

공세종말점이란 단순히 무기가 있고 없고의 문제를 넘어서 기세의 문제이기도 하다.

돌격의 기세가 없어졌으니 당연히 멈출 수밖에 없었던 것.

"충분한 드론이면 충분한 인원을 대체할 수 있죠."

"아무리 그래도 그렇지, 3만 개라니? 안 팔리면 어쩌려고?"

"안 팔리겠습니까? 솔직히 저는 부족할 거라 생각합니다만."

"어째서…… 아…… 그렇군."

비상시 컨트롤을 빼앗겨 아군의 정보를 몽땅 중국으로 넘길 수 있다는 사실을 알면서도 중국산 드론을 계속 쓰는 나라는 없을 거다.

"지금 한국에 무기를 사려고 오는 나라들이 넘치죠. 과연 그들에게 드론이 있을까요?"

"없겠지."

"그러면 어디서 사겠습니까?"

"중국, 터키…… 아니, 튀르키예 아니면 인도겠군."

"네, 맞습니다."

하지만 중국은 백도어를 만들어서 비상시 자국을 역으로 공격할 수 있다는 사실이 알려질 테니 패스.

남은 건 튀르키예와 인도뿐이다.

"부족하면 모를까 결코 충분한 건 아니겠군."

"더 웃긴 게 뭔지 아십니까?"

"뭔데?"

"인도 공장에서 비주요 부품은 중국에서 사다가 만들고 있다는 겁니다."

"뭐?"

그 말에 송정한은 고개를 갸웃했다.

"인도에서 말인가? 왜? 아니, 그러다가 문제가 생기면 어쩌려고?"

"아, 걱정하지 마세요. 전자 관련 부품은 다 자체 생산이니까."

다만 외관이나 비전자 관련 부품들, 즉 비상시 쉽게 대체할 수 있는 것들은 다 중국산인 것이다.

"왜 굳이? 돈 때문은 아닌 것 같은데."

인도나 중국이나 제작비는 비슷할 테니까.

아니, 어떤 면에서는 인도가 더 쌀 수도 있다.

"이게 러시아군을 조지면 어떤 기분이 들겠습니까?"

"러시아 입장에서는…… 그렇군."

러시아 입장에서는 중국에 부품 팔지 말라고 지랄할 수밖에 없게 된다.

"하지만 돈에 환장하는 중국이 그 말을 들어줄 리가 없죠."

조금씩 사이가 틀어질 거다.

실제로 중국은 러시아를 편들어 주면서도 우크라이나에 끊임없이 드론을 팔았다.

그래서 러시아와 우크라이나 모두 중국산 드론으로 서로를 죽여 댔다.

러시아가 뭐라고 하면 중국은 해외 판매한 게 역수출되는 것까지는 막을 방법이 없다고 모른 척했고 말이다.

"드론이라……."

"포탄을 주지는 못하지만 드론을 주요 국가에 수출할 수는 있죠."

그러면 그에 관심을 가진 나라들이 한국을 편들어 줄 테고, 미국의 줄 서라는 압박을 줄일 수 있을지도 모른다.

"하지만 그런다고 해서 미국이 압력을 행사하는 걸 포기할 것 같지는 않은데."

"그 부분은 제가 가서 다른 방법을 찾아보겠습니다."

노형진은 고개를 끄덕거리며 말했다.

"말이 안 통하는 경우에는 힘을 보여 줄 필요가 있으니까요."

그리고 노형진은 이제 그럴 능력이 되는 사람이었다.

⚖

미국에 도착한 송정한은 정치적인 거래에 대한 협상을 시작했다.

하지만 상황은 예상에서 크게 벗어나지 못했다.

빌 웨이든 미국 대통령은 첫날부터 송정한에게 줄을 제대로 서라고 강하게 압박하기 시작했는데, 그 압력이 상상 이상이었던 것이다.

'역사가 바뀌었다지만 이건 여전하군. 하긴, 미국이지.'

원역사에서 한국은 결국 미국에 굴복해서 엄청난 지원을 우크라이나에 해 줬고, 그 결과 한국의 경제는 거의 폭망해서 숱한 사람들이 자살하게 된다.

심지어 그렇게 하고도 미국은 한국이 미국에 물품을 팔지 못하게 해서, 결국 한국에 제2의 IMF가 올 뻔하기까지 한다.

국제 환경이 안 좋아지자 자국의 생존과 이득을 위해 동맹이고 뭐고 쥐어짜는 자세로 돌아서기 시작한 것.

'뭐, 당연한 거지만서도.'

심지어 한국은 동맹이라고 부르기도 애매한 3등급 취급 아닌가?

1등급 동맹은 영국과 프랑스 같은 유럽 계통의 동맹들.

2등급은 일본 같은 동맹.

3등급은 있어도 그만 없어도 그만인 나라들.

4등급은 도움이 되기는커녕 도리어 도움을 줘야 하는 나라들.

그리고 현실적으로 한국은 3등급 이상은 되지 못한다.

기분을 풀어 준다고 쇼를 해 주기는 하지만, 결국 실익은 전혀 주지 않으면서 쇼만 했다.

그리고 송정한은 그걸 모를 정도의 바보는 아니었다.

"말이 안 통하는군."

"그 정도입니까?"

"얼굴만 웃는 거지 넌 노예니까 내가 시키는 대로 해, 하는 식이야."

물론 대놓고 노예라고 표현하지는 않을 거다.

하지만 강하게 압박하면서 줄 서라고 지랄할 거다.

"반도체랑 차량은 안 풀어 준답니까?"

"절대 안 된다는군."

"나쁜 놈들."

내수를 진작시켜야 하니 미국에는 반도체와 차량을 팔면 안 된다.

중국을 견제해야 하니 중국에 반도체와 차량을 팔거나 투자해도 안 된다.

우크라이나와 전쟁 중인 러시아에 반도체와 차량을 팔아서도 안 된다.

이게 미국의 요구다.

그런데 이건 사실상 전 세계에 다 팔지 말라는 소리나 다름없다.

인도를 위시한 제3세계는 경제력이 안 돼서 그곳 수익만으로는 버틸 수가 없고, 유럽 판매량은 많지 않다.

유럽은 독일 3사가 꽉 쥐고 있어서 뚫는 것도 쉽지 않기 때문이다.

"그냥 우리는 입 닥치고 죽으라는 거 아닌가!"

송정한은 분노를 참지 못하고 펄펄 뛰었다.

감정을 잘 표현하지 않는 그로서는 흔하지 않은 일이었다.

"그 정도입니까?"

"그래. 입 닥치고 그냥 시키는 대로 하라는 수준이야."

"협상의 여지를 주지 않는다 이거군요."

"자기들은 많이 참아 왔다는 식이더군."

"웃기는군요."

노형진은 코웃음을 쳤다.

"참기는 뭘 참아요. 한국에 은근슬쩍 경제제재 한 걸 우리가 모를까요."

국민들이 모를 뿐 미국은 수년간 한국에 은근슬쩍 경제적 압박을 가해 왔다.

러시아-우크라이나 전쟁에 무기를 제공하고 대중국 전선의 최전방에서 몸빵을 하라고 말이다.

하지만 그간은 한국이 어떻게든 그걸 무시해 온 것.

'하지만 이제는 못 참겠다 이건가?'

노형진은 곰곰이 생각에 잠겼다.

"물론 어느 정도는 이해해. 하지만 이건 선을 넘는 거 아닌가?"

돈은 돈대로 내놓으라고 하면서 자신들은 조금도 손해 보지 않겠다는 미국.

"어떤 미 의원은 이참에 나토에 가입하라더군."

"뭔 개소리입니까?"

한국은 나토에 가입하면 전쟁 발발 시 최전방이 될 수밖에 없는 위치다.

"일본을 도와주겠다 이거지."

중국이나 러시아와 전쟁이 발발하면 일본을 보급기지로 해서 막대한 군수물자가 한국으로 공급될 거다.

그리고 마치 6.25 때처럼 일본은 재기에 성공하고 한국은 잿더미만 남을 거다.

"이번에 쓰러지면 한국은 절대 재기 못 합니다."

"알아. 그러니까 미치겠다는 거야."

6.25 때만 해도 한국의 저력을 다른 나라들은 몰랐다.

일본도 조센징이라 깔보기 급급했고.

하지만 이제는 안다.

그리고 일본은, 만일 한국이 이긴다 해도 자기들이 공격해서라도 재기를 막으려 할 거다.

"그리고 일본이 한국 점령을 계획한다 해도 그런 일본을 미국이 말려 줄 가능성은 거의 없지요."

그걸 알기에 한국은 자립해야 하고 중립을 유지해야 한다.

"그렇다고 이대로 가만히 있을 수는 없네. 자네도 알다시피 우리는 어느 쪽도 놓칠 수 없어."

심지어 미국의 기업들조차도 그러한 미국의 시책에 우려를 표명하고 있다.

하지만 정치인들은 그런 의견이나 경고도 무시한 채 오로지 한국 때려잡기에만 매달리고 있다.

"당장 중국에 반도체를 팔지 말라는 것도 말로는 뭐 반도체 동맹에 관한 법률 어쩌고 하는 거지 애초에 한국만 노린 거 아닌가?"

"맞습니다."

이미 대만은 전쟁에 대비하기 위해 중국의 반도체 공장을 철수시키고 있다.

반도체라는 게 현대 산업의 쌀이라 불리지만 정작 그걸 생산하는 나라는 그다지 많지 않다.

미국과 일본, 대만 그리고 한국 정도.

그러나 일본은 원래 중국에 반도체를 거의 수출하지 않았고, 대만도 철수 중이다.

다른 나라는 초정밀 기술을 보유하지 못했고 미국은 그 법의 해당 국가가 아니다.

그 법에 해당되는 국가는 단 한 곳, 한국뿐이다.

그러니까 미국의 계획은 한국의 중국 수출을 막아서 아예 중국 시장을 통째로 먹겠다, 이런 것이었다.

송정한은 어두운 표정으로 노형진에게 물었다.

"그러면 방법이 없는 건가?"

"글쎄요. 일단 제가 자주 쓰는 방법은 힘듭니다."

"그렇겠지."

노형진이 자주 쓰는 방법은 상대방이 감당하지 못할 정도로 일을 키우는 거다.

하지만 이번 일에서는 그 상대방이 미국이다.

아무리 노형진이라 해도 미국을 이길 수는 없다.

"맘 같아서는 이대로 들이받고 그냥 한국으로 돌아가고 싶지만……."

하지만 그럴 수는 없다.

그랬다가는 진짜로 엄청나게 보복당할 테니까.

"흠……."

노형진은 고민하다가 무언가가 생각난 듯 고개를 끄덕거

렸다.

"그러면 이렇게 하시죠."

"어떻게 말인가?"

"인도 쪽과 이야기를 나누세요. 정확하게는, 부탁대로 중국 투자를 포기하고 인도에 투자하겠다고 하시면 됩니다."

"인도 쪽?"

"네. 인도 쪽에 투자하는 걸로 말하시는 겁니다."

"뜬금없이?"

"네. 그러면 미국이 싫어할 겁니다."

"갑자기 무슨 말인가?"

의아해하는 송정한에게 노형진은 설명하기 위해 입을 열었다.

"제3세계로 갈 가능성에 대해 언급하는 거죠."

"제3세계?"

"네. 사실 제3세계라고 무시하는데, 사실 그들은 무시할 존재가 아닙니다."

한국 사람들은 제3세계를 무시하는 경향이 있다.

제3세계의 중심은 인도이고, 인도는 잘사는 나라가 아니니까.

"그쪽이랑 손잡으라 이건가?"

"정확하게는 손잡는 척하시라는 거죠."

"어째서 말인가?"

"미국은 자기네한테 줄 서라고 지금 한국을 압박하고 있습니다. 그러면서 이런저런 압력을 행사하고 있죠."

"그렇지."

"하지만 정작 인도에는 찍소리 못 합니다. 왜 그럴까요?"

"그러고 보니 그렇군."

러시아-우크라이나 전쟁이 터진 후에 전 세계가 러시아에 대한 경제제재를 하고 있는 건 아니다.

한국의 언론이 서방 위주로 이야기해서 그렇지, 사실 경제 제재를 하는 나라보다 안 하는 나라가 더 많다.

대표적인 예가 인도.

인도는 미국에서 뭐라고 하든 러시아로부터 막대한 자원과 석유를 수입하고 있다.

그래서 러시아는 전쟁 전보다 도리어 흑자 폭이 더 커졌다.

물론 그걸 못 쓴다는 게 문제지만, 한국의 언론이 말하는 것처럼 언제 망해도 이상할 수준까지는 아니다.

"미국 입장에서는 인도가 껄끄러울 수밖에 없습니다."

인도는 러시아의 주요 수출국 중 하나니까.

"그렇지."

"그런데 정작 미국은 중국 때문에 머리 아파하면서도 인도에는 투자를 안 하거든요. 그에 대해 이상하게 생각하신 적 없습니까?"

"응?"

그 말에 송정한은 순간 갸웃했다.

그러고 보니 그 부분이 이해가 가지 않았으니까.

한국, 정확하게는 노형진과 마이스터가 인도에 막대한 투자를 해서 공장을 세우고 교육을 해서 중국에 저항하는 세계의 공장을 늘리고 있다.

그런데 정작 미국은 그런 행동을 전혀 하지 않는다.

'도리어 그걸 싫어하지.'

인도가 문제가 많은 나라인 것은 사실이다.

카스트제도는 도무지 답이 없는 수준이고, 국민들의 의식 수준 역시 바닥을 기고 있다.

물론 인구는 중국을 훌쩍 넘었다.

공식 인구는 최근에야 뒤집혔지만, 비공식 인구는 사실 제법 오래전에 중국을 뛰어넘었다.

중국도 현실적으로 노령화 국가에 들어가고 있는 데 비해 인도는 아직 그 정도는 아니다.

"그러고 보니 그렇군. 이상하군."

인도가 중국을 대체할 거라는 경제인들의 판단은 벌써 30년 전부터 계속되고 있지만 정작 투자는 거의 이루어지지 않았다.

마이스터의 투자가 가장 많이 이루어지고 있는 상황.

그랬기에 노형진은 미국이 왜 그러는지 알고 있다.

"중국에 한번 당해 봤거든요."

"당해 봐? 뭘?"

"인구가 많은 나라를 공장화하면 자신들에게 반기를 든다는 걸."

"아!"

중국을 키운 건 미국이다.

구소련을 견제하기 위한 목적으로 엄청난 혜택과 돈을 퍼부었고, 그 결과 중국이 성장했다.

그리고 그 기간 동안 중국은 미국을 물고 빨면서 어떻게든 뭐라도 더 받으려고 했다.

"하지만 지금은 어떻죠?"

성장한 중국은 미국에 이빨을 드러내면서 미국을 망하게 하고 싶어서 몸부림치고 있다.

막대한 양의 마약을 미국에 무차별적으로 공수하는 것뿐만 아니라 돈으로 미국 문화를 지배해서 중국을 찬양하게 만들며, 미국보다 중국이 우월하다는 인식을 심어 주려고 몸부림치고 있다.

"미국은 충격을 받았을 겁니다."

"하긴."

자기들이 통제하고 있다고 생각하던 대상이 통제에서 벗어나 역으로 자신들을 잡아먹으려고 한다는 사실에 충격을 받았을 거다.

중국을 키운 건 소련을 견제하기 위해서였는데 정작 그들이 성장해서 러시아와 손잡고 자신들을 위협하게 되었다는 걸 알았을 때 무슨 생각이 들었겠는가?

"같은 실수를 다시는 하지 않으려고 하겠지요."

"그게 인도라는 건가?"

"인도는 더하면 더했지 덜하지는 않을 겁니다."

"하긴, 인도는 그러겠군."

경제적으로 보면 인도는 가난한 나라다.

당연히 군사력도 중국보다 떨어진다.

그럼에도 불구하고 인도는 중국과 대립각을 세우고 있다.

심지어 미국과도 어느 정도 거리를 유지하고 있다.

"인도는 옛날부터 자기들이 제3세계의 큰형이라고 주장하고 있으니까요."

서방과 공산권이 세계의 핵심이기는 하지만 제3세계도 분명히 존재한다.

그들이 다른 곳보다 세력이 약하다지만 그렇다고 무시할 정도는 아니다.

"그런 의미에서 인도는 미국에 있어 계륵 같은 곳입니다."

키워서 중국을 견제하자니 대놓고 제3세계 운운하면서 아예 세력을 따로 만들겠다고 설치는 나라가 바로 인도다.

중국조차도 빨아먹을 때는 '아이고, 미국 형님.' 하면서 납작 엎드렸는데 말이다.

경제적으로 성장하게 되면, 인도는 100% 미국의 뒤통수를

칠 거다.

애초에 인도는 미국과 같은 편도 아니다.

당장 인도는 러시아에서 막대한 자원을 수입하면서 러시아의 우크라이나 전쟁 자금을 지원해 주고 있으니까.

하지만 그런 인도에 미국은 찍소리도 못 하고 있다.

왜냐하면, 그랬다가는 제3세계가 러시아와 중국 쪽에 붙어 버릴 테니까.

그렇게 되면 미국 위주의 질서는 걷잡을 수 없이 무너질 수밖에 없다.

"흠……."

그 말에 송정한은 깊은 생각에 빠졌다.

다른 사람들은 미국에 살려 달라고 비는 수밖에 없다고 했는데 노형진만이 유일하게 그나마 해결책다운 해결책을 내놓은 것이다.

"그러면 우리가 여기서 돌아가 인도와 손잡아야 한다?"

"정확하게는, 잡는 척만 하는 겁니다. 제3세계에서 가장 원하는 걸 우리가 가지고 있으니까요."

"그게 뭔데?"

"기술이죠."

"아하! 그렇군."

제3세계가 공산권 국가들이나 서방 국가에 비해 부족한 것은 다름 아닌 기술이다.

당장 인도도 마찬가지.

전차 하나 개발하는 데 30년이 넘게 걸렸고, 그마저 자국 내에서도 쓰지 못할 정도의 불량품이다.

아예 기술이 없다기보다는 너무 오래 걸리다 보니까 문제가 발생한 거다.

처음에는 2세대 전차가 목표였으나 그사이 3세대 전차로 넘어가는 바람에 개발 방향이 바뀌고 개발 기간이 연장되었는데, 그사이 또 3.5세대로 넘어가고 요구되는 스펙이 미친 듯이 올라가면서 제대로 커버하지 못하게 된 것이다.

"그런데 인도가 그렇게까지 기술이 없느냐 하면 그건 또 아니거든요."

인도는 핵보유국이자 위성 발사국이고 동시에 전 세계에서 가장 많은 IT 전문가가 있는 나라다.

당장 미국의 실리콘밸리에는 인도인 개발자가 4분의 1이라고 할 정도로 압도적인 숫자를 차지하고 있다.

그들이 빠지면 실리콘밸리가 망한다는 소리가 나올 정도다.

그런데 기술이 없을 리가 없다.

"다만 그걸 효율적으로 쓰는 법을 모르는 쪽에 가깝죠. 비리도 많고."

"한국처럼 말이군."

"맞습니다. 한국이 옛날에 그랬죠."

기술이 없는 게 아니다. 하지만 선진국들은 그걸 무시하고 깔본다.

게다가 국내에서는 신기술로 나라를 발전시킬 방법을 찾는 게 아니라 뇌물을 주는 놈을 우선시한다.

그러니 기술이 단시간에 획기적으로 발전될 리가 없다.

"그런데 한국이 투자해서 그걸 컨트롤한다면 어떻게 되겠습니까?"

"반도체 기술을 말인가?"

"미국에서는 지금 중국에 투자한 나라는 미국 내에서 판매를 하지 못하도록 법을 바꿨지요."

"그게 문제야."

중국에 투자하면 미국에 수출을 못 하도록 바꾸었다.

문제는 이 법에 있는 '타국'이라는 표현이다.

즉, 다른 나라는 중국에 뭘 팔면 경제제재 대상이지만 미국 기업은 중국에 뭘 팔든 그 법의 대상이 아니라는 거다.

"그러니까 계획을 바꾸는 거죠."

인도에 공장을 세우자. 아니, 최소한 그렇게 보이도록 하자.

"아시겠지만 인도의 우리 구역은 과거랑 다릅니다."

무식하게 굴지도 못하고 무식하게 굴 수도 없다.

월급 빵빵하게 나오고, 허름하지만 집도 나온다.

처음에는 컨테이너로 만든 집이었지만 지금은 그래도 나름 멀쩡한 집이다.

물론 그곳에 들어가기 위해서는 신분과 상관없이 1년의

교육 기간을 거쳐야 한다.

그 교육 기간 동안 기본 교육만 하는 게 아니다.

노동자로서 최소한 알아야 하는 것들을 집중 교육한다.

"사실 노동자로서의 질은 중국보다 낮죠."

중국은 그냥 일자무식의 농민공이 대다수라면 인도에 있는 마이스터 공장단지는 교육이 선행되기에 그 질이 훨씬 높은 편.

"그런데 이런 걸 대체 다 어떻게 안 건가?"

송정한은 혀를 내둘렀다.

자신뿐 아니라 소위 외교 전문가들도 미국이 인도를 은근히 견제한다는 걸 잘 몰랐으니 말이다.

"마이스터가 인도에 대대적으로 투자하자 미 정부에서 은근히 싫은 티를 내더군요."

─인도가 더 성장하면 안 된다.

그렇게 대놓고 말을 하지는 않았지만 차라리 그 돈을 미국에 투자하라는 식으로 종용했던 것.

"그거야 다들 마찬가지 아닌가?"

"저도 처음에는 그리 생각했습니다. 그런데 미묘하게 다르더군요."

다른 나라들은 신경 쓰지 않았다. 유독 인도에 대해서만 그런 식으로 예민하게 반응했다.

"인도가 부담스럽다 이건가?"

"맞습니다. 과거의 인도가 아니니까요."

'그렇겠지.'

노형진이 인도에 투자한 것은 사실이다. 특히 IT와 관련해서 인도에 많은 투자를 했다.

그리고 미국의 수많은 CG 산업을 인도가 흡수한 것도 사실이다.

'과거와 다르다.'

회귀 전에 기술이 부족해서 공장만, 그것도 허름한 기본 공장만 돌리던 인도에 중국에서 빠져나온 수많은 공장이 들어가며 과거보다 훨씬 빠르게 성장하는 중이다.

'미국 입장에서는 껄끄럽겠지.'

중국도 버거워 죽겠다.

러시아도 사실상 전쟁 중이다.

거기에 인도까지 낀다? 그러면 개판 되는 거다.

'그러니까 더 다급해진 걸 수도 있고.'

원래 역사에서도 한국에 압력을 가한 건 사실이지만 지금의 압력은 더 강하다고 봐야 한다.

송정한이 화를 낼 정도면 그냥 일국의 대통령을 한 나라의 대표로 취급하지도 않았다는 소리다.

"그러면 여기서는 버텨야겠군."

"네. 그리고 귀국하셔서 가능하면 빨리 인도와 정상회담을 가지시는 걸 추천드립니다."

인도와의 정상회담을 추진하면 미국에서 그걸 모를 수가 없다.

전 세계에 CIA를 박아 둔 나라가 아닌가?

"의제는 뭐가 좋을까?"

"당연히 반도체죠."

인도 역시 반도체를 만들고 싶어서 눈을 번뜩인다.

하지만 어떤 나라도 반도체 관련 기술을 제공하지 않는다.

그건 중국도 마찬가지.

"그런데 한국에서 인도에 반도체 공장을 세운다고 하면 어떻게 될까요?"

"호오?"

"미국이 골 때리게 될 겁니다."

인도에 반도체 공장을 설립하겠다는 한국의 결정을 대놓고 반대하지는 못한다.

하지만 상당수의 부품이 미국제인 만큼 인도에서 부품 수출 신청을 했을 때 미국에서 해당 장비의 수출을 반대한다면 미국의 의지가 무엇인지 충분히 알 수 있을 테니 인도 입장에서는 상당히 기분 나쁜 일일 수밖에 없다.

그렇다고 미국 입장에서 반도체 수출 제재를 풀어 주자니, 그렇잖아도 간신히 억제하고 있는 인도의 성장을 폭발적으로 풀어 주는 꼴밖에 되지 않는다.

"저 역시도 인도에 새로운 IT 기업을 세우겠다고 발표하겠습니다."

"IT 기업을?"

"네. 아시죠? 인도인이 없으면 실리콘밸리는 망합니다."

"설마 그 정도까지야……."

믿기 어려워하는 송정한을 보며 노형진은 고개를 흔들었다.

"단순히 사람이 부족해서 망한다는 게 아닙니다. 미국은 업무에 실패했을 때 그 책임이 엄청나게 큰 나라입니다."

"아하!"

실리콘밸리의 수많은 IT 기업들은 막대한 투자를 하고 있다. 그리고 그와 관련하여 무수한 인도인을 고용하고 있다.

그런데 그들이 싹 빠져나온다면?

당연히 납기를 지킬 수가 없다.

"설사 납기가 없는 자체 제작 프로젝트라 해도 무시 못 합니다."

왜냐, 그걸 대체할 수 있는 인원을 구할 수가 없기 때문이다.

"단순히 그것만으로?"

"단순히 그것만이 아니죠. 납기를 지키지 못한다는 건 투자금을 뺄 충분한 이유입니다."

마이스터라는 이름으로, 그리고 미다스라는 이름으로 미국에 투자된 엄청난 자금. 그리고 실리콘밸리에 있는 막대한 투자금.

그것들을 일거에 빼면 어떻게 될까?

어마무시한 속도로 연쇄 부도가 발생할 거다.

"미 정부를 직접 공격할 수는 없습니다. 반역을 하거나 군사 기밀을 빼돌릴 수도 없죠. 하지만 한 가지는 확실해집니다."

"미국이 한국을 배신하기 위해서 실리콘밸리를 버렸다?"

"맞습니다. 그리고 내일 미국 대통령을 만날 때 새로운 안건을 제출하세요."

"뭐? 그건 국제적 예의가 아닌데?"

"미국은 지금 우리한테 예의를 지키고 있습니까?"

"하긴, 그건 아니지."

자국의 이득을 위해 예의고 나발이고 '네가 망해 줘야겠다.'라고 말하고 있는 게 현 미국 행정부다.

"그러니 같이 망하자고 해야지요."

"어떻게? 어떤 안건을 올리란 말인가?"

"미국 내 의료비를 올리겠다고 하세요."

"뭐?"

"기억 못 하십니까, 한국과 마이스터 그리고 대룡이 미국 내 의료 법인을 얼마나 인수했는지?"

"아! 그랬지."

미국 내 보험 사기 사건으로 나라가 뒤집어지고 수많은 의료 법인들이 스러져 갈 때 마이스터가 법인들을 인수해 다른 곳보다 저렴한 가격으로 의료 서비스를 제공해 왔다.

미국 내 보험회사와 의료 재단은 서로 협업을 통해 막대한 수익을 내면서 국민들을 쥐어짜고 있었지만, 한국에서 투자한 후로 그런 행동에 브레이크가 걸렸다.

"그런데 의료비를 올린다고 해 보세요. 무슨 일이 벌어지겠습니까?"

적자를 이유로 의료비를 올린다? 미국에서는 결코 막을 수가 없다.

"그리고 빌 웨이든 대통령이 가장 간절하게 원하는 게 재선입니다."

지금 빌 웨이든이 한국을 이렇듯 쥐어짜는 이유가 뭔가?

우크라이나에 보내 줄 무기가 없어서?

자국 내 사업을 위해서?

아니다.

지금 그가 한국을 쥐어짜는 이유는 간단하다. 바로 재선을 위해서다.

물론 재선은 아직도 한참 멀었다.

하지만 미국 대통령 선거는 재선 레이스라고 할 만큼 임기 시작부터 다음 재선을 향해 달려가는 게 너무 당연한 구조로 되어 있다. 승자 독식이니까.

"의료보험은 미국인들에게는 생명줄이나 다름없습니다. 그리고 모든 정치는 기브 앤드 테이크죠."

자기들이 우월한 상황에 있다고 믿고 한국더러 무릎을 꿇으라고 지랄할 수는 있다.

"하지만 한 가지 착각하는 건, 그들이 미국은 아니라는 거죠."

빌 웨이든은 미국의 대통령이지 미국 그 자체가 아니다.

미국을 위한 정치를 해야 하며 그게 정상이다.

"그런데 한국에서 전쟁 자금을 확보하기 위해 미국 내 의료비를 과거 수준으로 올린다고 하면 어떤 일이 벌어지겠습니까?"

"미국은 지지하지만 정권은 지지하지 않는다 그거군."

"맞습니다."

현 정권이 미국은 아니다.

그걸 지금 빌 웨이든 대통령은 모르고 있는 거다.

"조건을 받아들이는 대신에 미국 내 보험료 인상을 요구하세요. 그리고 공화당 의원들을 만나 보러 다니세요."

"공화당? 그 인간들은 왜?"

"공화당은 한국의 저가형 의료 시스템을 극도로 싫어하거든요."

그런데 한국에서 저가형 의료 시스템을 없애겠다고 하면 분명 그쪽으로 힘을 실어 줄 거다.

"그리고 저 역시도 나름 노력해 보겠습니다."

"흠…… 확실히 미 정부 입장에서는 골치 아프겠군."

"네, 적당한 언론사 하나만 잡으면 되는 일입니다, 후후후."

노형진의 말에 송정한이 의아한 표정으로 물었다.

"언론사?"

"미국에 한국의 언론법이 적용될 리 없지 않습니까? 미국에는 황색 언론이 넘쳐 나죠."

그리고 그중에는 노형진이 아는 곳이 한 곳 있었다.

⚖️

미국의 황색 언론은 한국으로 보면 B급 언론사, 소위 말하는 지라시라고 볼 수 있다.

사실이면 좋고, 아니면 말고.

그래서 아주 가끔은 누구도 터트리지 못하는 중요 사항을 터트리지만, 대체로는 온갖 개소리로 가득하다.

그중에는 누가 봐도 황당한 뉴스도 섞여 있다.

유명 여배우가 외계인의 아이를 임신했다는 황당한 뉴스가 바로 그런 경우다.

물론 그런 뉴스는 말도 안 되는 개소리이기 때문에 얼마든지 문제 삼을 수 있다.

형법에 따르는 것이 아니라 민사적으로, 징벌적 손해배상을 100억 달러쯤 매겨 아예 회사가 망하게 하는 방식으로 굴러간다.

'이를 반대로 말하면, 근거만 있다면 아무리 미국 정부라 해도 황색 언론을 통제하지 못한다는 거지.'

이미 한번 중국의 바이러스 테러라는 이름으로 써먹어 본 적이 있는 노형진이기에 그러한 약점을 누구보다 잘 안다.

그랬기에 노형진은 이번에도 황색 언론을 이용해서 뒤집어 버릴 생각이었다.

"여기 신분증입니다."

물론 이 신분증은 가짜다.

심지어 얼굴에도 변장을 위해 가면을 쓰고 있다.

자신의 신분을 드러낼 수는 없으니까.

하지만 한국 외교부 소속이라는 신분증은 충분한 근거가 될 거다.

'미묘하게 다르거든.'

한국 외교부 소속의 차장. 그게 가짜 신분이다.

워낙 예민한 작전이라 외부로 새어 나갈까 걱정되어서 노형진이 직접 나선 거다.

"흠."

당연하게도 워싱턴의 대표적인 황색 언론인 워싱턴 뉴스 워크의 편집장이 그걸 알아볼 수는 없다.

애초에 한국 외교부와의 접점이 없으니 원본과 미묘하게 다른 걸 알 수 있을 만큼 정보가 있는 것도 아니다.

"그러니까 3만 달러를 주면 큰 정보를 팔겠다?"

"그렇습니다."

"고작 3만 달러로?"

3만 달러. 한화로 3,600만 원 정도.

그런데 고작 그걸로 국가 기밀을 판다는 말에, 워싱턴 뉴스워크의 편집장인 아놀드 슐츠는 믿을 수 없다는 표정을 지었다.

"뭐, 군사기밀까지는 아니니까요. 어차피 조만간 공개될 거, 제가 약간 빠르게 밝히는 정도일 뿐입니다."

"얼마 후 공개된다?"

"네. 저희 쪽에서 미국과 협상한 내용이거든요."

"그러면 조만간 공개되기는 하겠군."

일반적으로 두 나라가 협상을 종료하게 되면 어지간한 정보는 공개할 수밖에 없다.

물론 1급 기밀에 관련된 정보는 예외다.

애초에 할 수도 없고 말이다.

하지만 그렇지 않은 정보는 공개하면서 각 나라의 실적을 어필하는 게 너무나 당연한 일이다.

예를 들어 얼마를 투자받았다는 둥 하는 거 말이다.

"그래요? 그런 거라면 뭐, 3만 달러 정도야."

적지 않은 돈이었지만 워싱턴 뉴스워크에서 주지 못할 정도로 큰돈은 아니었다.

"그래서, 뭔데요?"

"돈부터 주셔야죠. 현금으로 주셔야 합니다. 제가 한국으로 들고 가야 해서요."

"현금이라……."

"어차피 외교 행낭이라 누구도 못 열어 보니까요."

외교관의 가방은 당사자 외에는 절대로 열어서는 안 된다.

그래서 북한은 외교 행낭으로 마약을 운송하는 간땡이가 부은 짓을 하기도 한다.

그만큼 외교 행낭은 중요한 물건이다.

그 때문에 외교 행낭에 현금을 넣어 가는 방식을 쓴다면 미국에서 돈을 빼내는 것도 어려운 일이 아니다.

"설마 워싱턴 뉴스워크가 그 정도 돈도 없지는 않을 테고."

"우리가 당신을 어떻게 믿고?"

"싫으시면 프리타임 뉴스로 가겠습니다."

그 말에 아놀드 슐츠는 눈을 찡그렸다.

워싱턴을 대표하는 두 곳의 황색 언론. 그중에서 프리타임 뉴스가 더 우세한 게 사실이니까.

"그쪽이 더 우세하다는 걸 알면서도 여기에 온 거요?"

"조금이라도 더 다급한 쪽이 더 두둑하게 주지 않겠습니까?"

"으음."

틀린 말은 아니기에 아놀드 슐츠는 인정할 수밖에 없었다.

"그리고 제가 말한 게 마음에 들지 않으신다면 그 돈을 도로 가져가셔도 됩니다."

"정보만 듣고 돈을 안 줘도 된다고?"

"프리타임 뉴스에 가서 똑같이 거래하면 되니까요."

그 순간부터는 독점이 아니게 된다.

그리고 독점이 아니면 돈이 안 된다.

"똑똑한 사람이군."

"한국에서 외교관을 하려면 머리가 좋아야 합니다."

"좋소이다."

결국 아놀드 슐츠는 고개를 끄덕거렸고, 잠시 후 3만 달러
가 들어 있는 가방이 둘 사이에 놓였다.

"그래서, 정보가 뭐요?"

호기심이 동하는 얼굴로 질문하는 아놀드 슐츠.

그런 그에게 노형진이 목소리를 낮추며 말했다.

"미국이 한국에, 우크라이나에 250만 발의 포탄을 제공할
걸 요구했습니다."

그 말에 슐츠는 눈을 찡그리면서 가방에 손을 올렸다.

그걸 모르는 사람은 없으니까.

"어허! 아직 말 안 끝났습니다."

"그래서요?"

"한국이 동의했습니다. 원칙적으로는요."

"원칙적으로는? 한국 놈들이 그럴 놈들이 아닌데?"

얼마나 중립을 잘 지키는지, 얼마나 미묘하게 미국 신경을

긁어 대는지, 아무리 황색 언론이라 해도 편집장을 맡을 정
도인 아놀드 슐츠가 모르는 바가 아니다.

　때로는 찬사가 나올 만큼 미묘하게 균형을 잘 맞추면서 챙
길 거 다 챙겨 가는 게 한국 놈들이었다.

　그런데 무려 250만 발의 포탄을 제공한다고? 그것도 공짜로?

　그럴 리가 없다.

　"물론 공짜는 아니죠."

　"그러면 미 정부가 그 대금을 제공하는 거요?"

　"아닙니다. 그럴 리가요. 지금 미 정부도 예산이 없어서
난리 아닙니까?"

　"그건 그렇지."

　"그래서 다른 쪽에서 수익을 보전해 주기로 했습니다."

　"다른 쪽이라니, 어디?"

　"미국에서 사업 중인 한국계 의료 재단의 치료비가 올라갈
겁니다. 한 세 배쯤?"

　"뭐라고요?"

　"네, 한 세 배쯤 올릴 겁니다."

　그 말에 아놀드 슐츠의 입이 쩍 벌어졌다.

　왜냐하면 의료비를 세 배로 올린다는 건 아픈 사람은 다
죽으라는 소리니까.

　당장 자신만 해도 한국계 보험으로 병원에 다니는 가족이
있다.

아무리 워싱턴 뉴스워크가 대표적인 워싱턴의 지라시라 해도 미국의 보험료는 미쳤다고 봐도 과언이 아니니까.

더군다나 지금 한국계 의료 시스템은 과거보다 훨씬 더 많은 비중을 차지하고 있다.

그럴 수밖에 없다.

한국계 시스템이 있으면 한국계로 가서 싼 가격에 치료하지, 미쳤다고 세 배씩이나 줘야 하는 미국계 쪽으로 가서 치료하겠는가?

그렇다 보니 비싸기만 한 곳은 망해서, 다시 한국계 시스템으로 넘어가며 한국계의 세력이 점점 더 커지는 것이다.

그렇다고 해서 의사들이 불만을 가지느냐 하면 그것도 아니다.

한국계 병원도 줄 건 다 준다.

다만 기존에 미국에서 책정한 황당한 가격표, 예를 들어 면봉 하나에 200달러, 약을 가져다주는 대가로 150달러, 소변기 대여료 300달러 같은 황당한 부분을 싹 다 없애 버렸다.

그래서 지금 미국의 의료 부문에서 한국계 병원에 기대는 부분이 얼마나 많은지 미국인들은 안다.

"씨팔, 그게 뭔 개소리야!"

"아니, 갑자기 왜 그러세요?"

아놀드 슐츠가 벌컥 화를 내자 도리어 노형진은 영문을 모르겠다는 얼굴로 그를 쳐다보았다.

'그렇지. 한국은 이런 걸로 고생을 안 해 봤겠지.'

한국의 의료보험은 엄청나게 잘되어 있다고 들었다.

한국에서 맹장 수술을 하는 데 불과 45만 원밖에 하지 않는다는 소리를 들은 그는 놀랄 수밖에 없었다.

미국? 미국은 맹장 수술하는 데 못해도 2,500만 원은 들고 가야 하니까.

심지어 외교관이니 내부의 병원에서 공짜로 치료받았을 거다.

외부에서 사고가 났어도 그 치료비는 한국 정부가 내줬을 테고 말이다.

그러니 지금 이 말이 무슨 의미인지 정작 저 멍청한 공무원은 모르고 있는 거다.

'3만 달러?'

이건 30만 달러를 줘도 아깝지 않은 정보였다.

"아닙니다. 그냥, 흥분해서요. 자세히 좀 말해 봐요."

"어…… 괜찮은 거죠?"

"네, 그러니까 말해 봐요."

"한국에서 우크라이나로 포탄 250만 발을 보내는 대신에 미국에서 의료비를 세 배, 최대 네 배까지 올리는 걸 협상 중입니다. 올리는 것 자체는 이미 결정되었고요."

세 배도 비싼데 최대 네 배라니? 그건 그냥 나가 죽으라는 뜻이다.

"아니, 왜 그렇게 한다는 거요?"

"손실을 감수할 수는 없잖아요. 정치적으로 보면 한국이 입을 손해가 얼마나 심한데."

"그건…… 그렇지."

그리고 한국의 그간의 현실을 보면 결코 '아, 네. 알겠습니다.'라고 납득하고 돌아갈 새끼들이 아니다.

"그 결과가 미국 의료비 상승이라고?"

"네."

"빌 웨이든 이 미친 새끼가!"

아놀드 슐츠는 이를 박박 갈았다.

그도 빌 웨이든의 지지자였지만, 지금 이 말대로라면 빌 웨이든은 지금 우크라이나를 살리겠다고 자국민에게 대신 죽으라고 한 거나 마찬가지다.

"어, 그리고……."

"그리고?"

심지어 그것만 있는 게 아닌 모양이다.

노형진은 분노하는 아놀드 슐츠를 보며 잠깐 고민하는 척했다.

"저기…… 이거…… 저한테 안전한 거죠?"

"당신이 해코지당할 일은 없을 테니까 말해 보세요."

"그, 마이스터에서……."

"마이스터가 여기서 왜 튀어나와요?"

"그, 마이스터와 한국이 합작해서 인도에 대단위 반도체 공장을 세울 겁니다."

"인도?"

"네. 대중국 전략의 일환으로요. 미 정부에서 그걸 승인했고요. 그래서 실리콘밸리에서 마이스터가 철수할 겁니다."

"잠깐…… 잠깐! 뭐라고요? 실리콘밸리에서? 왜?"

"그거야…… 돈이 안 되니까요."

실리콘밸리는 더럽게 비싼 동네다.

인건비도 비싸고 땅값도 비싸고 개발비도 비싸다.

연봉 1억짜리 직원이 잘 곳이 없어서 트럭에서 자는 게 실리콘밸리다.

오죽하면 어떤 직원은 비행기를 타고 실리콘밸리로 출퇴근을 한다. 그게 더 싸게 먹히기 때문이다.

"인도에도 인재는 충분하니 굳이 거금을 들여서 실리콘밸리에서 사업할 이유가 없다 이거죠."

그 말에 아놀드 슐츠는 할 말이 없어졌다. 그게 사실이니까.

실제로 마이스터가 인도의 IT 산업에 오랜 시간 투자해 온 건 사실이고 인도인들의 IT 실력은 유명하다.

"그래서 마이스터에서 관련 기업들을 싹 다 빼서 인도로 옮길 생각이라고 합니다. 특히 게임사들을요."

"게임사들?"

"네. 아시지 않습니까? 요즘 AAA급 게임들도 개판인 거."

그리고 마이스터는 이참에 인도에 새로운 AAA급 게임사를 다수 세워서 막대한 이익을 내겠다는 거다.

"미국이야 뭐……."

실제로 미국 게임들도 그놈의 가챠판이 된 지 오래다.

"하지만 인도는……."

"네, 아이디어가 부족하죠."

인도는 가난하다. 그리고 카스트제도로 고정된 세상이다.

그 가난에서 벗어날 수 있는 방법이 IT다.

왜냐하면 카스트제도의 기본은 직업적 구분인데, IT는 그 어디에도 속하지 않기 때문이다.

그래서 부모들은 자식이 IT 업종에 종사하기를 바라고, IT 전문대학에 보내기 위해 몸부림친다.

IT에 한해서는 인도 대학이 미국의 유수 대학 이상이라는 의견이 대세다.

그런데도 그게 돈으로 연결되지 못하는 이유는 그걸 받쳐 줄 인문학이 안 되기 때문이다.

코드는 잘 짜는데 어떤 게임이 재미있는지, 그리고 어떻게 해야 사람들이 좋아하는지 모른다.

그래서 인도는 IT 강국이지만 세계적인 IT 기업은 부족하다.

"그걸 한국에서 메꾼다?"

"한국 인문학이 약한 건 아니잖아요."

그건 그렇다.

지금은 중국에 밀리고 도박판 소리가 나오기는 하지만 한국도 한때는 게임 강국이었다.

그 두 집단이 만나서 개발을 한다면?

물론 이건 게임만의 문제가 아니다.

뭘 개발하든 성능이나 사용 편의성이 결코 떨어질 리가 없는데 가격은 미국의 실리콘밸리에서 개발한 것보다 훨씬 쌀 거다.

제대로 된 업무용 프로그램들은 가격이 백 달러 단위가 아니라 수십 수백만 달러 단위다.

그런데 그걸 모조리 인도에 빼앗긴다?

'실리콘밸리는 망한다.'

망할 거다.

프로그램 하나가 5억인데 다른 쪽에서 5천만 원에 비슷한 걸 내놓으면 이길 수가 없다.

"그걸 미 정부에서 승인했다고요?"

"협상 중입니다."

'거짓말은 아니지.'

지금쯤 송정한이 이 안건을 들이밀었을 테고, 미 정부는 절대 받아들이지 않을 거다.

'하지만 협상 중인 건 맞지.'

일단 파투는 나지 않았으니까.

"뭐, 어지간하면 허락하지 않을까요? 미 정부에서 그 대신에 중국 반도체 수출이랑 전기차를 양보받기로 했거든요."

"전기차?"

"네. 아시잖아요, 이제 미국 공장에서 나온 전기차 아니면 보조금 못 받는 거."

그럴듯한 논리다.

기브 앤드 테이크. 주는 게 있으면 받는 게 있다.

그게 규칙이다.

문제는 미 정부에서 내놓은 건 이익이 아니라 자국민의 목숨 줄이라는 거다.

"확실한 겁니까?"

"네, 지금 한국 정부랑 협상 중이에요."

그 말에 아놀드 슐츠는 자리에서 일어났다.

"이 3만 달러, 당신 거요."

"감사합니다."

노형진은 실실거리면서 돈 가방을 들고 그곳을 나왔다.

그리고 미소 지었다.

"똥줄 좀 타 봐라, 개새들아. 후후후."

⚖

한국계 의료 기업들, 가격 3배 올린다
우크라이나 포탄 공급에 대한 대가

워싱턴 뉴스워크에서 터트린 뉴스는 무서울 정도로 빠르게 퍼졌다.

특히 빌 웨이든의 정당과 대립하는 정당에서는 이걸 기회로 삼아 계속 떠들었다.

한국을 포기하고 우크라이나에 몰빵 하는 빌 웨이든 행정부

빌 웨이든은 우크라이나를 위해 미국인을 팔아먹었다!

그리고 그 뉴스는 순식간에 전 미국을 휩쓸었다.

다음 권으로 이어집니다

창귀무장

송장벌레 신무협 장편소설

귀신같은 창귀槍鬼가 돌아왔다,
때 묻지 않은 어린 시절의 몸으로!

피로 몸을 씻던 전장의 말단 독종
구르고 굴러 지고의 경지까지 올랐으나……

혈교의 혈겁을 막기 위한 회귀인가
의형제의 복수를 위한 회귀인가
알 수 없다
전생에서 그를 막던 모든 것을 치울 뿐

"내 의형의 가슴팍을 칼로 도려내기도 했고?"
"무, 무슨 소리야…… 그런 적 없어!"
"그런 적 있어. 기억은 안 나겠지만."

매 걸음마다 피도 눈물도 없는 전투
세상 모든 것이 그를 꺾으려 든다!

꿈의 도약, 로크에서 하십시오
(주)로크미디어에서 신인 작가를 모십니다

즐거운 세상, 로크미디어는 꿈을 사랑하고 도전을 두려워하지 않는 작가 분들의 참신한 작품을 기다리고 있습니다. 21세기 장르 문학계를 이끌어 갈 차세대 선두 주자 (주)로크미디어에서 여러분의 나래를 활짝 펴 보시길 바랍니다.

모집 분야 판타지와 무협을 포함한 장르 문학
모집 대상 아마추어 작가, 인터넷 작가
모집 기한 수시 모집

작품 접수 시 유의 사항

1. 파일명은 작가명_작품명.hwp형식을 갖춰 주십시오.
1. 파일에 들어갈 내용은 다음과 같습니다.
    - 성명(필명인 경우 실명을 밝혀 주세요), 연락처, 이메일 주소
    - 제목, 기획 의도
    - A4용지 1장 분량의 등장인물 소개
    - A4용지 2장 분량의 전체 줄거리
    - 본문
1. 작품이 인터넷에 연재되고 있다면, 게시판명과 사이트의 구체적이고 정확한 주소를 기재해 주십시오.

선택된 작품은 정식 계약 후 출판물로 간행되어 전국 서점에 유통됩니다.
작가 분은 (주)로크미디어의 전폭적인 지원하에 전속 작가로 활동하시게 됩니다.
※ 자세한 내용은 로크미디어 홈페이지(rokmedia.com)를 참조하세요.

(04167)서울시 마포구 마포대로 45 일진빌딩 6층
(주)로크미디어 편집부 신간 기획 담당자 앞
전화 : 02) 3273-5135
www.rokmedia.com   이메일 : rokmedia@empas.com